Nina Schlüter   It feels like home

Nina Schlüter

It feels like home
Roman

FOUQUÉ LITERATURVERLAG
Frankfurt a.M.   München   London   New York

*Das Programm des Verlages widmet sich aus seiner historischen Verpflichtung heraus der Literatur neuer Autoren.
Das Lektorat nimmt daher Manuskripte an, um deren Einsendung das gebildete Publikum gebeten wird.*

©2004 FOUQUÉ LITERATURVERLAG FRANKFURT AM MAIN
Ein Imprintverlag des Frankfurter Literaturverlags GmbH
Ein Unternehmen der Holding
**FRANKFURTER VERLAGSGRUPPE
AKTIENGESELLSCHAFT AUGUST VON GOETHE**
In der Straße des Goethehauses/Großer Hirschgraben 15
D-60311 Frankfurt a/M
Tel. 069-40-894-0 ✻ Fax 069-40-894-194

www.cornelia-goethe-verlag.de
www.haensel-hohenhausen.de
www.fouque-verlag.de
www.ixlibris.de

Die Deutsche Bibliothek – CIP-Einheitsaufnahme
Ein Titeldatensatz für diese Publikation ist bei
der Deutschen Bibliothek erhältlich.

Satz und Lektorat: Dagmar Gild-Christen
ISBN 3-8267-5532-4

Die Autoren des Verlags unterstützen das Albert-Schweitzer-Kinderdorf in Hessen e.V., das verlassenen Kindem ein Zuhause gibt.
Wenn Sie sich als Leser an dieser Förderung beteiligen möchten, überweisen Sie bitte einen – auch gern geringen – Beitrag an die Sparkasse Hanau, Kto. 19380, BLZ 506 500 23, mit dem Stichwort „Literatur verbindet". Die Autoren und der Verlag danken Ihnen dafür!

Dieses Werk und alle seine Teile sind urheberrechtlich geschützt.
Nachdruck, Vervielfältigung in jeder Form, Speicherung,
Sendung und Übertragung des Werks ganz oder
teilweise auf Papier, Film, Daten- oder Tonträger usw. sind ohne Zustimmung
des Verlags unzulässig und
strafbar

Printed in Germany

Für alle, an die ich glaube und die an mich glauben.

New York – auch bekannt als der Big Apple! Die Stadt, in die es jährlich Millionen Touristen zieht, denn in den fünf Stadtteilen wird einem einiges geboten. Die vielen Sehenswürdigkeiten vom Empire State Building bis zum Chrysler Building, vom Central Park bis zum Madison Square Garden, den verschiedenen Events und vielem, was die Stadt so außergewöhnlich macht.
Doch für manche Menschen bedeutet New York noch viel mehr. Viele lieben die Anonymität der großen Stadt oder dass die Stadt immer belebt ist, da sie niemals schläft. Für Josephine war das alles unwichtig. New York war ihr Zuhause und sie liebte die Stadt aus dem einfachen Grund, dass sich dort ihre ganze Welt abspielte. Alles, was sie liebte und zum Leben brauchte, war hier, nämlich ihr Bruder Jason und ihr Freund Daniel. – Das ist nicht viel? Es war alles, was Josephine noch hatte. Ihre Eltern waren bei einem tragischen Autounfall vor gut fünf Jahren ums Leben gekommen, und seitdem war Jason ihr einzig noch verbliebenes Familienmitglied. Es war ein schwerer Schlag für die beiden, von einem Tag auf den anderen vor dem Nichts zu stehen, alleine. Jason war 25 Jahre alt, verdiente sein eigenes Geld und versuchte für Josephine, die damals 19 Jahre alt war, ein guter Ersatz zu sein. Es war eine schwere Zeit für die beiden, mit vielen Streitereien und Meinungsverschiedenheiten, aber sie brachte beide einander näher, und Jason war mehr als nur ein guter Ersatz, er war der wichtigste Mensch für Josephine.
Es dauerte eine Weile, bis Josephine wieder auf eigenen Beinen stand. Sie konnte nicht glauben, was passiert war. Sie hatte ihre Eltern geliebt, war sehr behütet aufgewachsen, es gab keine Streitereien, alles verlief perfekt und vielleicht zu gut, um wahr zu sein. Sie fragte sich immer, warum es ihr passiert war, doch auf manche Fragen gibt es einfach keine Antwort, und damit musste sie lernen sich abzufinden. Sie begann eine Ausbildung zur Eventmanagerin und arbeitete noch immer in diesem Beruf.

Es machte ihr großen Spaß, und sie war froh, eine gute Arbeitsstelle gefunden zu haben.
Jason war am Financial District als Anlageberater beschäftigt. Eigentlich wollte er immer Mathematik- und Sportlehrer werden, aber irgendwie kam es anders. Mittlerweile lebten Jason und Josephine getrennt. Josephine wohnte zusammen mit ihrem Freund Daniel und Jason mit seiner Freundin Nancy. Dennoch hatte sich zwischen den beiden nichts verändert, sie hatten nach wie vor engen Kontakt. Dadurch, dass sie beide in New York wohnten, konnten sie sich oft und spontan sehen.
Josephine und Daniel lernten sich kurz nach dem Tod von Josephines Eltern kennen. Es war ein kurioses erstes Treffen, denn die beiden stritten sich, obwohl sie sich überhaupt nicht kannten. Josephine hatte es eilig, weil sie zu einem Termin musste, rief sich ein Taxi, und bevor sie einsteigen konnte, wurde ihr das Taxi vor der Nase weggeschnappt. Das konnte sie nicht auf sich sitzen lassen und stieg schnell noch mit ins Taxi. Der Mann, der sich vorgedrängelt hatte, fand das nicht lustig: »Ich weiß nicht, wohin Sie fahren wollen, aber das ist mein Taxi.«
»Was ich mir gerufen habe!«
»Sie sind aber nicht eingestiegen!«
»Weil ich keine Gelegenheit dazu bekommen habe, denn so ein Verrückter ist mir zuvor gekommen.«
»Das sehe ich anders.«
»Was? Dass Sie verrückt sind oder dass Sie sich vorgedrängelt haben?«
»Sowohl als auch. Ich habe es eilig.«
»Das ist schön für Sie, aber da sind Sie nicht der Einzige.«
»Okay, ich möchte nicht länger mit Ihnen diskutieren. Ich muss in Richtung Osten. Wenn Sie dort auch hin müssen, bleiben Sie sitzen, sonst gehen Sie bitte!«
»Ich muss zwar in die entgegengesetzte Richtung, aber da ich heute meinen sozialen Tag habe, fahren wir erst zu ihrem Ziel und dann zu meinem.«

»Wo ist der Haken an der Sache?«
»Sie zahlen die komplette Fahrt.«
Der Mann musste schmunzeln: »Sie sind schlagfertig!«
»Und Sie sind sehr dreist.«
Ihm gefiel ihre Art: »Ich mache Ihnen einen Vorschlag. Da ich nicht genügend Bargeld habe, legen Sie das Geld für mich aus, und ich gebe es Ihnen bei Gelegenheit zurück.«
»Sie glauben wohl, dass ich naiv bin, aber da muss ich Sie enttäuschen!«
»Ich bin vielleicht dreist, aber ehrlich.« Er gab ihr seine Visitenkarte. »Heute Abend um 20 Uhr in meinem Lieblingschinarestaurant.« Er erklärte noch schnell den Weg und stieg aus, weil das Taxi bei seinem Ziel angekommen war.
Dieser besagte Mann war Daniel. Josephine traf ihn abends beim Essen, und sie merkten, dass sie sich sehr gut verstanden, und von da an ging alles recht schnell. Jetzt waren sie schon seit fünf Jahren ein Paar und lebten seit drei Jahren zusammen. Daniel war der erste Mann, der Josephine ihr Lächeln zurückgeben konnte. Er verstand es, für sie da zu sein, sie zu unterstützen, einfach, sie glücklich zu machen, und sie liebte ihn sehr dafür.
Daniel arbeitete als Produzent in seinem eigenen kleinen Tonstudio. Er hatte als Tontechniker angefangen, die richtigen Leute kennen gelernt, die ihm zu dem verhalfen, was er jetzt hatte. Damit auch andere eine Chance bekamen, unterstützte Daniel fast ausnahmslos Nachwuchsbands und hatte damit Erfolg. Josephine bewunderte ihn dafür, dass er sich für andere stark machte.
Diese zwei Männer waren der Grund, warum Josephine sich in New York so wohl fühlte, es war ihr Zuhause, ihre eigene kleine Welt. Doch natürlich verlief Josephines Leben in den letzten fünf Jahren nicht nur reibungslos und perfekt, es gab auch Probleme. Im Job hatte sie Streit mit Kollegen, was sich zum Glück gelegt hatte, doch der letzte harte Tiefpunkt für sie war noch nicht lange vorüber. Es warf einen Schatten auf ihr Glück mit Daniel. Er gestand ihr, mit einer anderen Frau geschlafen zu

haben. Es traf sie wie ein Schlag ins Gesicht. Sie hatte immer gesagt, dass sie sich im Falle eines Seitensprungs von ihrem Freund trennen würde, denn nichts war so schlimm wie Untreue. Doch nun war sie selbst in der Situation, sie war die Betrogene und wusste nicht, wie sie damit umgehen sollte. Es war schwer, denn auf der einen Seite liebte sie Daniel und wollte nicht ohne ihn sein, aber andererseits wusste sie nicht, ob sie ihm jemals verzeihen konnte.

Daniel beteuerte, dass es ein Ausrutscher war, ein großer Fehler, und keine Gefühle mit im Spiel waren. Er war mit einer Künstlerin, mit der er an einer Single arbeitete, im Bett gelandet und kündigte ihr sofort danach. Josephine ließ die Angst nicht los, dass es wieder passieren könnte. Das Vertrauen zu ihm war weg. Es verletzte sie sehr. Daniel gab sich größte Mühe und tat alles, um Josephine von seiner Liebe zu überzeugen.

Es dauerte lange, bis Josephine sich entschied, ihn nicht zu verlassen und ihnen eine zweite Chance zu geben. Sie glaubte ihm, dass er sie liebte, und sie liebte ihn, und ein Leben ohne ihn wäre für sie unvorstellbar gewesen. Probleme waren da, um gelöst zu werden, und so arbeiteten die beiden an ihrer Liebe. Josephine war natürlich eifersüchtiger als vorher. Sobald ein Frauenname fiel oder eine Frau in Daniels Nähe war, sah sie rot. Es besserte sich mit der Zeit etwas, doch Daniel wusste, dass er vorsichtig mit ihr umgehen musste, und hatte Verständnis für ihr Verhalten. Es war für beide nicht leicht, doch Josephine fand es immer noch besser, als ohne ihn zu sein.

Der Tag wurde stressiger, als Josephine gedacht hatte. Es war der letzte Tag vor dem großen Auftrag. Sie hatte zum ersten Mal die Aufsicht über ein großes Event und demzufolge jede Menge Verantwortung und viel zu tun. Sie war selbst nervös, aber sie hätte nicht gedacht, dass alle anderen den Verstand verlieren würden und nichts mehr selbstständig könnten. Jeder fragte sie, was zu tun war, was sie machen könnten, und niemand wollte etwas falsch machen. Das Engagement fand Josephine sehr süß, aber als sie jemand fragte, ob er auf Toilette gehen dürfe, war der Bogen etwas überspannt, und Josephine stellte ihr Handy ab, packte ihre Sachen zusammen und gönnte sich eine Mittagspause.
Sie kaufte sich noch schnell einen Salat und machte es sich dann im Central Park bequem. Sie genoss die Ruhe, die Sonne – und den Schatten, den jemand verursachte, indem er sich in die Sonne stellte.
»Darf ich mich zu Ihnen setzen, oder störe ich Sie?«
»Sieht man mir an, dass ich versuche mich zu entspannen?«
»Ich wollte es ja nicht so direkt sagen, aber ein paar gestresste Gesichtszüge sind bei Ihnen wiederzufinden.«
»Na ja, solange es Sie nicht verschreckt hat, mich anzusprechen, bin ich noch optimistisch, und natürlich dürfen Sie sich setzen, es ist ein öffentlicher Park mit einer öffentlichen Bank, und ich habe sie nicht gepachtet.«
Der junge Mann setzte sich neben Josephine und packte sein Sandwich aus: »Darf man den Grund wissen, warum Sie so im Stress sind?«
»Ich organisiere für eine Zeitung eine Party zur Veröffentlichung eines neuen Magazins. Das heißt, dass ich für das Essen, die Dekoration, die Location und einfach für das Wohlbefinden aller Gäste zuständig bin. Morgen ist diese besagte Party, und langsam kommt Schlusshektik auf. Jeder fragt mich, was er tun soll.«
»Aber das gehört doch zu Ihrem Job!«

»Ja, schon, aber eine Floristin hat mich sogar gefragt, ob sie auf die Toilette gehen darf.«
»Das ist doch nett.«
»Nett? Das verstehe ich nicht.«
»Sie wollte doch nur zeigen, dass sie mitdenkt. Vielleicht sind die Toiletten auch speziell verschönert worden, und sie hätte alles kaputt gemacht.«
»Sie haben komische Vorstellungen von diesen Partys, oder meinen Sie, es findet größtenteils auf der Toilette statt?«
»Wer weiß, da kann man nette Bekanntschaften machen.«
Josephine musste lachen.
»Was ist daran so komisch?«
»Ich weiß auch nicht, aber ich habe noch keine überragende Toilettenbekanntschaft gemacht.«
»Was nicht ist, kann ja noch werden.«
»Das mag sein, aber trotzdem werde ich die Toiletten so belassen, wie sie sind, und nicht irgendwie schmücken.«
»Sie sind der Profi!«
»Trotzdem danke für die Anregung. Ich hoffe, Sie haben noch einen schönen Tag. Ich werde mich jetzt wieder meinen Pflichten widmen.«
»Dann wünsche ich Ihnen viel Erfolg.«
Josephine machte sich auf den Weg. Sie musste lachen, denn so etwas war ihr noch nie passiert. Als sie ihr Handy wieder einschaltete und ihr 15 Leute auf die Mailbox gesprochen hatten, war es vorbei mit der Ruhe, und die Arbeit hatte sie zurück.
Der Tag neigte sich dem Ende zu, und Josephine hoffte, die Arbeit würde es auch tun, aber nachdem die falsche Fischbestellung geliefert worden war, rückte der Feierabend in weite Ferne.

Gegen 22 Uhr war auch dieses Problem behoben, und Josephine machte sich auf den Heimweg. Daniel war noch am Arbeiten, aber als er hörte, dass sie da war, legte er alles nieder, und die

beiden nahmen sich die restliche Zeit für sich. Es tat gut, sich zu entspannen und in Daniels Armen zu liegen.
Daniel wusste, dass Josephine viel Stress hatte, und kümmerte sich rührend um sie. Er ließ ihr ein Bad ein, machte ihr frische Erdbeeren fertig, und Josephine genoss es, verwöhnt zu werden. Sie liebte ihn dafür, dass er Rücksicht nahm und sie in ihrer Arbeit unterstützte, auch wenn sie wusste, dass er oft zu kurz kam.
»Du bist süß, dass du das alles für mich machst.«
»Du sollst dich doch entspannen, und das geht am besten beim Baden.«
»Da könntest du Recht haben. Wie war denn dein Tag heute?«
»Nicht Spannendes, wir hatten zwei Bands hier, die jeweils drei Lieder eingesungen haben, und danach durfte ich dann an den Tracks feilen, aber zufrieden bin ich damit immer noch nicht.«
»Warum?«
»Die Songs sprechen nicht die breite Masse an. Es ist sehr innovative, ein bisschen alternative Musik, doch ich weiß nicht, ob das so Erfolg versprechend ist.«
»Dann musst du es ausprobieren.«
»Ich schlafe noch einmal eine Nacht drüber, und dann werden wir sehen.«
Schlafen war das Stichwort. Josephine stieg aus der Wanne, trocknete sich ab und legte sich ins Bett. Sie war hundemüde und wollte nur noch schlafen. Daniel legte sich zu ihr, und kurz darauf waren sie im süßen Reich der Träume versunken.

Am nächsten Morgen wurden sie vom Wecker geweckt, und Josephine kam es vor, als wäre es mitten in der Nacht. Sie war noch furchtbar müde, quälte sich aus dem Bett. Daniel stand mit ihr auf, und während sie sich im Bad fertig machte, bereitete er das Frühstück vor. Josephine fand das furchtbar lieb, aber ihr blieb keine Zeit zum Frühstücken.
»Das ist wirklich nett gemeint, aber erstens kriege ich vor lauter Aufregung keinen Bissen herunter, und wenn ich nicht in fünf

Minuten im Auto sitze, komme ich zu spät. Die Fischbestellung kommt, und da will ich dabei sein.«
»Du lässt mein Frühstück wegen einer Fischbestellung sausen?«
»Ich weiß, es klingt doof, und du hast dir auch Mühe gegeben, aber ...«
Daniel unterbrach sie: »Das war ein Scherz. Jetzt sieh zu, dass du loskommst, ich will deinem Glück ja nicht im Wege stehen.«
»Du bist ein Schatz!« Sie gab ihm einen Kuss und verschwand.
Daniel hatte nicht immer so viel Verständnis, aber er wusste, wie viel ihr dieser Auftrag bedeutete, und er wollte ihr keine Steine in den Weg legen. Er frühstückte alleine, machte Ordnung und verschanzte sich in seinem Tonstudio.
Bei Josephine ging es etwas hektischer zu. Alle Lebensmittellieferungen hatten geklappt, nur die Floristen zickten herum, aber gegen Mittag waren sie besänftigt und alles lief nach Plan und auf Hochtouren. Die Tische wurden gedeckt, alle Dekorationen perfektioniert, und man sah endlich das Resultat der monatelangen Arbeit.
Gegen 17 Uhr verschwand Josephine noch mal für eine Stunde. Sie fuhr nach Hause, um sich umzuziehen, denn in zwei Stunden kamen die Gäste, und da musste nicht nur der Saal, sondern auch sie gut aussehen. Sie zog ein Abendkleid an, schminkte sich, steckte die Haare hoch, besuchte Daniel noch kurz, und schon war Josephine wieder zurück, wo sie gebraucht wurde. Die Büfetts wurden aufgebaut und Schlusshektik kam auf. Doch um 18.57 Uhr war alles perfekt, und die ersten Gäste konnten kommen, und sie kamen. Der Saal füllte sich, und als alle zufrieden an den Tischen saßen und das Essen genossen, lehnte Josephine sich zurück und gönnte sich ein Glas Champagner.
Doch zu früh gefreut, denn bei dem Anblick, der sich ihr bot, verschluckte sie sich. Der Typ, den sie im Central Park getroffen hatte, war da. Josephine vermutete sofort, dass er wegen ihr da war, und fühlte sich bestätigt, als er sie ansprach. »Gute Arbeit, und trotz des Stresses sehen Sie so entspannt aus!«

»Dankeschön, aber Sie sind doch nicht hier, um mir das zu sagen.«
»Nein!«
»Ich möchte klarstellen, bevor irgendwelche Hoffnungen und Missverständnisse aufkommen, dass ich bereits seit fünf Jahren in einer glücklichen Beziehung lebe und ich mich nicht für andere Männer interessiere.«
»Da freue ich mich für Sie, und wenn Sie mich hätten aussprechen lassen, hätte ich Ihnen ein kleines Missverständnis ersparen können, denn ich bin aus rein beruflichen Gründen hier. Ich arbeite nämlich für den Verlag, der heute das neue Magazin vorstellt.«
Josephine lief rot an. »Da habe ich mich wohl etwas wichtig genommen.«
»Könnte man so ausdrücken, ja.«
»Darf ich Sie als Entschädigung auf einen Drink einladen? So ganz ohne Missverständnisse?«
»Aber nur weil ich heute gute Laune habe!«
»Da bin ich ja beruhigt!«
Sie setzten sich an die Theke und sprachen über ihre Jobs und andere Sachen. Das war ab und zu etwas anstrengend, denn hier und da wurde Josephine gebraucht und verschwand für kurze Zeit, doch Josh, so hieß der nette Mann, wartete geduldig. Er hatte ja auch nichts anderes zu tun.
Gegen Ende der Veranstaltung wurde es dann auch ruhiger für Josephine, und die beiden konnten sich verhältnismäßig ungestört unterhalten. »Wie sind Sie eigentlich darauf gekommen, dass ich nur das eine von Ihnen wollen könnte?«
»Manchmal habe ich eine sehr blühende Fantasie. Tut mir Leid!«
»Ist jetzt nicht schlimm, aber ich dachte schon, dass ich mich wie ein vernarrter Depp aufgeführt hätte.«
»Nein, das hast du, Entschuldigung, Sie nicht gemacht.«
»Wo wir schon einmal beim Du sind, wollen wir nicht gleich dabei bleiben? Ich meine, eigentlich ist das ja Frauensache, aber

ich glaube, wir sind beide noch nicht so alt, dass man darauf so extremen Wert legen müsste.«
»Gerne, also ich bin Josephine, und du solltest dich nicht bei meinem Alter täuschen, denn ich sehe älter aus, als ich bin.«
»Jetzt schockst du mich! Sag nicht, du bist erst achtzehn und siehst aus wie fünfundzwanzig.«
»Nicht schlecht!«
»Was, du bist achtzehn?«
»Nein, ich bin fünfundzwanzig, aber fühle mich eher wie dreißig.«
»Das liegt wohl daran, dass du in den letzten Tagen genug zu tun hattest.«
»Das kann man wohl sagen, aber jetzt ist es ja zum Glück vorbei. Das war mein erster großer Auftrag, und je nachdem, wie es den Veranstaltern gefallen hat, bekomme ich jetzt öfters größere Aufträge.«
»Ich würde ja gerne ein gutes Wort für dich bei meinem obersten Chef einlegen, aber den habe ich noch nie gesehen, da ich bei einer anderen Reaktion schreibe.«
»Für was schreibst du? Bist du vielleicht Veranstaltungskritiker?«
»Nicht direkt. Ich mache mehr den kulturellen, künstlerischen Teil, sprich, ich geh auf Vernissagen, gucke mir Museen an, interviewe verschiedene Künstler und solche Sachen eben.«
»Klingt interessant.«
»Na ja, es ist nicht so trocken wie ein Job im Büro, aber manchmal lassen sich Kunstwerke nicht wirklich gut interpretieren, und dann wird es schwer, die Seite voll zu schreiben.«
»Dann ist da wohl die persönliche Kreativität gefragt. Du musst nur das Bild auf dich wirken lassen!«
»Da spricht wohl die Kunstkennerin?«
»Nicht wirklich, eher Kunstbanausin.«
»Dann wird es wohl mal Zeit, sich der Kunst zu öffnen und mir bei meinem nächsten Artikel zu helfen.«
»Klar, wenn ich Zeit habe, gerne.«

Sie tauschten Nummern aus, und danach verabschiedete sich Josh, denn er musste am nächsten Tag wieder fit für die Arbeit sein, und da ist ein Schlafdefizit nicht gerade förderlich. Josephine begutachtete die restlichen Aufräumarbeiten und fuhr nach Hause. Es war ein Abend ganz nach ihrem Geschmack. Beruflich war alles zu ihrer Zufriedenheit gelaufen, und auch die Unterhaltung mit Josh war sehr nett.

Zu Hause erwartete sie Daniel.
»Du bist noch wach?«
»Natürlich, ich verschlafe doch nicht deinen wichtigen Abend. Wie ist es gelaufen?«
»Ich glaube, gut.«
»Du glaubst?«
»Nein, ich bin mir sogar fast ganz sicher!«
»Das sind doch mal gute Nachrichten. Und zur Belohnung gehen wir morgen Abend ganz schick essen, und dann verwöhnst du nicht andere, sondern wirst verwöhnt.«
»Das klingt gut, aber nur essen?«
»Vielleicht bekommst du auch eine klitzekleine Massage, wenn du lieb bist.«
»Wie kann ich denn lieb zu dir sein?«
»Ich hätte da noch einen Vorschlag ...« Daniel schnappte sich Josephine und brachte sie ins Schlafzimmer.

Am nächsten Morgen war das Klingeln des Weckers noch schlimmer als sonst. Es half aber nichts, und Josephine stand auf, wenn auch nicht gerne. Sie machte sich frisch, packte die wichtigsten Unterlagen zusammen, schnappte sich ein Brötchen und verschwand. Sie wollte Daniel noch schlafen lassen, denn er musste erst gegen Mittag arbeiten und sollte das genießen.
Die restlichen Aufräumarbeiten verliefen problemlos, und nachdem auch die offenen Rechnungen beglichen waren, machte sich Josephine auf ins Büro. Dort wurde es allerdings auch nicht ruhiger, denn sie durfte gleich bei ihrer Chefin an-

tanzen. Vorsichtig klopfte sie an die Tür, denn entweder bekam sie eine weitere Chance oder ihr wurde der Kopf abgerissen.
»Herein! – Ach, Josephine, setzen Sie sich doch bitte!«
»Sie wollten mit mir sprechen.«
»Sie wissen bestimmt auch schon, worum es geht.«
»Ich habe zumindest eine Ahnung.«
»Eigentlich sage ich das meinen Mitarbeitern nicht, aber ich habe Ihnen diesen Auftrag nicht ohne ein mulmiges Gefühl im Bauch gegeben. Sie wissen ja, dass zu dem Zeitpunkt, wo der Auftrag ins Haus kam, Mr. Synder, der sonst dafür zuständig war, gekündigt hat, und deswegen habe ich Ihnen den Auftrag anvertraut, und ich muss sagen, Sie haben nicht nur mich überrascht. Ihr Auftraggeber war mit Ihnen sehr zufrieden!«
»Da bin ich ja beruhigt.«
»Sie haben mich überzeugt, und deswegen wollte ich Ihnen einen neuen Auftrag anbieten. Ein sehr wohlhabender Herr möchte für seine Frau zum 50. Geburtstag ein großes Fest organisieren, und ich sage gleich dazu, der Herr hat ein paar extravagante Wünsche und ist nicht ganz einfach im Umgang, doch wenn Sie sich anstrengen, schaffen Sie das.«
»Dann ist der Auftrag aber nicht so groß, oder?«
»Ich weiß ja nicht, was Sie für eine große Veranstaltung halten, aber er möchte ca. 500 Leute einladen.«
»Wie liegt es zeitlich gesehen?«
»Sie hätten noch sieben Monate Zeit, aber die bräuchten Sie auch.«
»Dann bin ich dabei und werde mein Bestes geben.«
»Ich habe auch nichts anderes erwartet. Die Unterlagen kommen dann in Ihr Büro.«
Josephine verabschiedete sich, und als sie im Büro war, lag ihr Schreibtisch schon voll mit den neuen Unterlagen, und das waren nicht gerade wenig. Doch sie wollte sich ihre Laune nicht verderben lassen und verabredete sich mit ihrem Bruder Jason zum Mittag. Sie trafen sich bei ihrem Lieblingsitaliener um die Ecke.

Jason arbeitete gar nicht weit weg von Josephine. Er arbeitete, wie alle aus dem Bankwesen, im Financial District, und bei der derzeitigen Börsenlage war er im Stress. Auch zu ihrer Verabredung kam Jason zu spät, aber Josephine bestellte schon mal, und kurz darauf war auch ihr Bruder da.

»Hi, tut mir Leid, dass ich zu spät bin, aber momentan geht es drunter und drüber.«
»Kein Problem.«
»Hast du schon bestellt?«
»Ja, aber nur einen Salat.«
Jason bestellte sich Pasta. »Warum nur einen Salat? Bist du auf Diät?«
»Nein, ich gehe heute Abend noch mit Daniel essen.«
»Du könntest ruhig zwei richtige Mahlzeiten am Tag vertragen, denn du hast abgenommen, und wenn mir das schon auffällt, dann war es auch nicht zu knapp.«
»Ich weiß, aber es war nicht absichtlich. Ich hatte einfach keine Zeit zum Essen.«
»Sag nicht, dein Großauftrag war schon.«
»Doch, gestern Abend.«
»Es tut mir Leid, ich hab's vergessen.«
»Halb so schlimm, denn dann kannst du mir beim nächsten Auftrag die Daumen drücken.«
»Du hast noch einen Auftrag bekommen?«
»Ja, meine Chefin war zufrieden, und ich habe wieder viel zu tun.«
»Gratulation! Ich wünschte, bei mir würde es auch so glatt laufen.«
»Warum?«
»Momentan sitze ich nur am Telefon und muss Kunden beruhigen, dass auch wieder bessere Zeiten kommen.«
»Klingt nicht sehr spannend.«
»Nein, ist es auch nicht, doch George und ich machen das Beste draus.«

»Ich hab's dir immer gesagt, du solltest etwas Vernünftiges machen.«
»Anlageberatung ist vernünftig, und wenn es immer nur glatt laufen würde, wäre das langweilig.«
»Ansichtssache!«
»Was macht Daniel?«
»Er ist im Studio und arbeitet. Die letzten Tage hatten wir keine gemeinsame Stunde, deswegen nehmen wir uns heute Abend Zeit füreinander.«
»Bei euch ist aber alles in Ordnung?«
»Wenn du jetzt auf die alte Sache anspielst, ja.«
»Da freue ich mich.«
»Manchmal reagiere ich zwar etwas sehr eifersüchtig, wenn er einen anderen Frauennamen nennt, aber das wird sich legen.«
»Das ist normal, wenn man betrogen wurde, ist man empfindlich.«
»Nimm es mir nicht übel, aber ich würde lieber über ein anderes Thema reden.«
Josephine reagierte noch empfindlich auf Daniels damaligen Seitensprung, was auch verständlich war. Sie war sich sicher, dies in den Griff zu bekommen, denn sie wusste, dass er sie liebte, sie ihn liebte.
Josephine und Jason unterhielten sich noch ein bisschen, und dann war die Mittagspause auch schon wieder vorbei, und sie mussten zurück zur Arbeit. Josephine stürzte sich auf die Akten und brauchte die restliche Arbeitszeit, um die Unterlagen zu sortieren. Sie bekam einen Eindruck, warum der Kunde als schwierig galt, denn seine Ideen waren wirklich eigenartig, doch Josephine würde damit klarkommen müssen.

Pünktlich nach Feierabend war sie zu Hause. »Bin wieder da!«
Daniel kam aus der Küche. »Das freut mich.«
»Bist du schon fertig mit Arbeiten?«
»Wie versprochen habe ich pünktlich Schluss gemacht, damit wir gleich zum Essen fahren können.«

»Wo fahren wir hin?«
»Worauf hast du Lust?«
»Sushi!«
»Alles klar, ich kümmere mich darum.«
Daniel bestellte einen Tisch bei einem exklusiven Japaner, denn er wusste, dass Josephine dort schon immer einmal essen wollte, und nachdem er den Bruder des Geschäftsführers bei Studioaufnahmen kennen gelernt hatte, war die Reservierung kein Problem. Danach zog er sich um.
»Warum machst du dich denn so schick? Wir gehen doch nur essen!«
»Erstens haben wir was zu feiern und ich kleide mich dem Anlass entsprechend, und zweitens kann es ja nicht schaden, sich für die Freundin etwas attraktiv zu machen.«
»Dann solltest du allerdings etwas weniger anhaben, so ungefähr gar nichts.«
»Später vielleicht, aber jetzt sollten wir uns etwas beeilen.«
»Ich beeile mich, aber wenn du dich so aufbrezelst, dann tue ich das auch.«
Josephine zog Rock und Bluse an und kurz darauf saßen beide im Auto.
»Wo fahren wir hin?«
»Wird nicht verraten.«
Josephine war neugierig, allerdings musste sie sich noch etwas gedulden, denn sie steckten im Feierabendverkehr, und das konnte dauern, doch Daniel blieb ganz ruhig, und eine Viertelstunde später standen sie vor dem Restaurant.
»Sag bloß, wir gehen ...«
»Ganz genau, wir gehen zu dem besten Japaner von New York, wenn man den Kritikern glauben darf, und außerdem wusste ich, dass du da schon immer hinwolltest.«
»Das ist doch zu teuer!«
»Lass das mal meine Sorge sein, und wenn wir schon einen Anlass zum Feiern haben, dann sollten wir den auch nutzen.«

»Du bist ein Schatz! Wie bist du überhaupt an einen Tisch gekommen? Da muss man doch Monate vorher reservieren.«
»Beziehungen!«
Sie wurden an ihren Tisch gebracht, und Josephine war begeistert, es war alles so stilvoll eingerichtet, und auch das Essen schmeckte hervorragend. Sie bereute nicht, dass sie mittags nur einen Salat gegessen hatte, denn ansonsten hätte sie nicht so viele tolle japanische Köstlichkeiten essen können. Josephine liebte Daniel für diese kleinen Aufmerksamkeiten. Sie hatte nur einmal erwähnt, dass sie gerne einmal bei diesem Japaner essen würde, und er hatte es sich gemerkt.
Sie blieben lange beim Essen. »Danke, der Abend war toll.«
»Soll das heißen, er ist schon zu Ende?«
»Kommt ganz darauf an, was du noch vorhast.«
»Eigentlich nichts, denn wenn ich ehrlich bin, sehne ich mich nach meinem Bett, denn morgen früh um acht habe ich die ersten Studioaufnahmen, und da sollte ich fit sein.«
»Ich muss morgen auch wieder pünktlich im Büro sein, also spricht nichts dagegen, nach Hause zu fahren.«
Gesagt, getan. Sie fuhren nach Hause, nutzen ein Weilchen die traute Zweisamkeit und schliefen dann ein.

Die Woche verlief unspektakulär und bestand für Josephine fast nur aus Arbeit. Sie arbeitete an dem Grundkonzept für die Feier, traf Verabredungen mit dem Initiator und suchte nach innovativen Ideen, um der Party die richtige Atmosphäre zu verleihen, und auch Daniel konnte sich über mangelnde Arbeit nicht beschweren.
Endlich war es Freitag Abend, Dienstschluss, und das bedeutete: Wochenende! Das hatte sie sich auch verdient, fand Josephine. Sie wollte nur die Seele baumeln lassen und machte mit Daniel einen gemütlichen Videoabend. Sie bereiteten leckere Snacks vor, Daniel hatte die Videos besorgt, und nachdem sich Josephine in die Decke gekuschelt hatte, konnte es losgehen,

doch dann klingelte ein Handy! Josephine realisierte zuerst gar nicht, dass es war.
»Hallo?«
»Ich dachte schon, es würde keiner mehr abnehmen.«
»Tja, zu früh gefreut.«
»Wer sagt denn, dass ich mich darüber gefreut hätte?«
»Wie komme ich denn zu der Ehre?«
»Hatten wir nicht darüber gesprochen, dass du mich auf eine Ausstellung begleiten wolltest?«
»Ich hätte nicht gedacht, dass du das ernst meintest.«
»Also willst du einen Rückzieher machen?«
»Nein, natürlich nicht.«
»Gut, denn morgen wäre eine nette Ausstellung.«
»Da habe ich sogar Zeit.«
»Perfekt. Dann treffen wir uns um 18 Uhr vor dem Guggenheim-Museum?«
»Sehr gerne.«
»Dann noch einen schönen Abend. Bis morgen!«
Josephine legte auf, und Daniel guckte misstrauisch. »Wer war das denn?«
»Kein Grund zur Eifersucht. Es ist ein älterer Herr, den ich bei dem letzten Event kennen gelernt habe.«
»Dann würde ich jetzt vorschlagen, widmen wir uns dem geplanten Videoabend!«
Josephine kuschelte sich wieder an Daniel und sie genossen den Abend. Natürlich hatte sie ein schlechtes Gewissen, weil sie ihn angeflunkert hatte, aber es war eine Notlüge, denn ansonsten hätte sich Daniel furchtbar aufgeregt und der Abend wäre zum Fiasko geworden. So wurde er sehr schön. Sie guckten ein Video nach dem anderen, aßen ein bisschen und irgendwann schlief Josephine auf Daniels Schoß ein. Es war ein Abend, wie sie ihn mochte. Es mussten nicht immer nur Diskos und Partys sein, ein schöner, entspannender Abend zu zweit konnte viel schöner sein!

Am nächsten Morgen wurde Josephine mit Frühstück am Bett geweckt. Daniel hatte an alles gedacht. Es gab Croissants, Eier, Orangensaft, Brötchen, diverse Aufschnittsorten und sogar eine rote Rose.
Josephine freute sich: »Du bist so gut zu mir, womit habe ich das verdient?«
»Ein Zeichen meiner Liebe und weil ich heute Abend länger arbeiten muss und deswegen ein schlechtes Gewissen habe.«
»Musst du nicht. Ich bin heute abend mit dem Herrn von gestern auf einer Kunstausstellung.«
»Sollte ich dann nicht doch eifersüchtig sein?«
»Nein, denn du weißt, für mich gibt's nur dich!«
»Das freut mich und beruht natürlich auf Gegenseitigkeit.«
Josephine liebte es, wenn er sie so lieb anguckte und so etwas sagte. Sie zog ihn zu sich und küsste ihn. Sie kuschelten, frühstückten, und es war wieder einer dieser Tage, an dem Josephine wusste, dass Daniel besser für sie war als jeder Sechser im Lotto.
Gegen Mittag musste Daniel an die Arbeit, und da würde er dann auch bis nachts bleiben. Josephine verbrachte den Nachmittag vor dem Fernseher, da das Wetter nicht das beste war, und danach bereitete sie sich auf das Treffen mit Josh vor. Was zog man eigentlich zu so einer Ausstellung an? Machte man sich schick oder ging man ganz normal? Sie wollte ja nicht zu overdressed, aber auch nicht zu lässig angezogen sein. Sie entschied sich für einen roten Nadelstreifenanzug und hoffte, dass das Publikum bei der Veranstaltung vornehm gekleidet war. Dann fuhr sie los.
Typisch für Josephine, war sie eine Viertelstunde zu früh da, aber lieber etwas Zeit für Komplikationen einkalkulieren, als zu spät kommen, war ihre Devise. Sie hatte Glück, denn Josh kam auch fünf Minuten zu früh.
»Wartest du schon lange?«
»Nein, ich bin auch gerade erst gekommen.«
»Dein Outfit ist gewagt!«

»Warum? Bin ich zu sehr gestylt? Geht man da normal hin?«
»Keine Sorge, aber die meisten Leute tragen Grau, Dunkelblau und Schwarz, also bist du eine farberfrischende Abwechslung.«
»Da bin ich ja beruhigt. Ich habe mir wirklich Sorgen gemacht, was ich anziehen sollte.«
»Keine Sorge, es sieht gut aus.«
»Danke, du bist auch schick. Auch wenn ich mit einem Anzug gerechnet hätte.«
Josh trug eine Jeans und einen schönen schwarzen Pullover.
»Dort tragen alle Anzüge, und ich fühle mich nicht sehr wohl in Anzügen.«
»Die Hauptsache ist, dass man sich wohl fühlt und dass es einem selbst gefällt.«
»So viel zu den Klamotten. Darf ich dich jetzt zur Ausstellung geleiten?«
»Sehr gerne!«
Josephine hakte sich bei Josh ein und sie gingen in die Höhle des Löwen. Es gab einen Sektempfang und dann wurde feierlich die Ausstellung eröffnet. Es waren viele ältere Menschen da, die meisten schienen gut betucht zu sein und mit ihrem Schmuck Gassi zu gehen, denn ein paar Damen waren behängt wie Weihnachtsbäume, und andere hatten einen etwas schrillen Lippenstift, aber ansonsten war es gar nicht so schlimm, wie sie es sich vorgestellt hatte.
»Warum sind denn nur Snobs hier?«
»Weil hier doch nicht jeder hin kann. Natürlich nur ein fein ausgewähltes Publikum, was in den Genuss kommen darf, die Ausstellung vor allen anderen sehen zu dürfen.«
»Verstehe. Und was machst du hier?«
»Ich gehöre zur Presse, und deswegen fangen wir jetzt an zu arbeiten.«
Sie guckten geduldig die Bilder an, und Josephine hoffte, dass Josh sie nichts zu den Gemälden und Skulpturen fragte, denn bei den meisten hatte sie noch nicht einmal eine Assoziation zu dem, was es darstellen sollte.

»Wie interpretierst du dieses Bild?«
»Ich hatte gehofft, dass die Frage nicht kommt. Du weißt, ich bin kein Kunstkenner.«
»Ist auch nicht schlimm. Lass das Bild auf dich wirken.«
Josephine gab sich Mühe, aber ohne Erfolg: »Es tut mir Leid, aber auf mich hat das gar keine Wirkung.«
Josh lachte.
»Was ist daran so lustig?«
»Auf mich doch auch nicht. Ich erkenne da nichts.«
»Ich dachte, du solltest dich damit auskennen, wenn du darüber schreibst.«
»Schon, aber wenn ich ratlos bin, lasse ich die Eindrücke anderer auf mich wirken.«
Josh fing ein paar Stimmen zu der Ausstellung ein, machte sich Notizen und war ganz zufrieden mit seinem Ergebnis. »Das sollte für meinen Artikel reichen.«
»Was haben denn die Leute erkannt, was wir nicht erkannt haben?«
»Frag lieber nicht, es ist alles dabei, und aus dieser tollen Interpretationsvielfalt kann ich die Abwechslung dieser Ausstellung machen.«
»Verstehe. Bist du jetzt fertig?«
»Ja. Willst du nach Hause oder hättest du noch Lust auf einen Drink?«
»Da sage ich nicht nein.«
Sie kehrten der Ausstellung den Rücken zu und ließen sich in der nächsten Bar nieder. »Hier fühle ich mich gleich viel wohler. Ich möchte dir zwar nicht zu nahe treten, aber meine Leidenschaft wird das nicht.«
»Meine ist es auch nicht, aber der Beruf bietet mehr Abwechslung als manch anderer, und das ist mir wichtig!«
»Das kann ich gut nachvollziehen.«
»Lass uns aber nicht über die Arbeit reden, bitte.«
»Kein Problem, ich kann mir auch was Besseres vorstellen.«
»Ach so, und das wäre?«

»Erzähl mir von dir! Wie lebst du? Was unternimmst du an den Wochenenden?«
»Also, ich wohne in einer bescheidenen Zweizimmerwohnung in
Brooklyn, am Wochenende mache ich gerne Party und genieße das Nachtleben New Yorks, wenn ich nicht arbeiten muss und wenn meine Arbeitskollegen Zeit haben, denn sie sind auch mein Freundeskreis. Ich bin vor acht Jahren nach New York gekommen und komme ursprünglich aus der Nähe von Montreal.«
»Warum bist du gegangen?«
»Weil ich mit meinen Eltern nicht klarkam.«
»Aber jetzt versteht ihr euch, weil nun Distanz zwischen euch ist, oder?«
»Da muss ich dich leider enttäuschen, wir haben keinen Kontakt mehr. Das einzige Familienmitglied, was ich mag, ist meine Grandma Mary, die in Providence lebt. Sag nicht, du wohnst noch zu Hause!«
»Würde ich gerne.«
»Warum bist du dann ausgezogen?«
»Ich bin nicht ausgezogen.«
»Haben deine Eltern dich rausgeschmissen?«
»Nein, meine Eltern sind tot. Vor sechs Jahren bei einem Autounfall ums Leben gekommen.«
»Das tut mir Leid. Sorry!«
»Konntest du ja nicht wissen, und so langsam kann ich auch darüber reden, ohne dass ich anfange zu heulen.«
»Du musst aber nicht. Wir können auch über andere Sachen reden. Wie wohnst du, und was machst du am Wochenende, fände ich, wäre eine sehr originelle Frage.«
Josephine lächelte: »Allerdings, man merkt den Journalisten in dir. Also, ich lebe mit meinem Freund in einem Apartment in Yorkville seit fast vier Jahren. Ich habe ihn kurz nach dem Tod meiner Eltern kennen gelernt, und von da an ging alles sehr schnell, aber ohne ihn hätte ich es auch niemals geschafft, da-

mit umzugehen. Am Wochenende genieße ich so viel Zeit wie möglich mit Daniel, da er auch am Wochenende arbeiten muss.«
»Was macht er?«
»Er hat sein eigenes Tonstudio und ist Produzent von einigen kleineren Bands.«
»Cool!«
»Ja, ist schon ein toller Beruf. Ansonsten besuche ich meinen älteren Bruder Jason und unternehme was mit ihm. Viel mehr Perspektiven bieten sich mir nicht. Meine beste Freundin hat einen Job in Paris angenommen, und nun trennen uns mehrere tausend Meilen. Seitdem ist mein Partyleben etwas ruhiger geworden, was schon schade ist, aber ich kann damit leben. Was jetzt nicht heißen soll, dass ich überhaupt nicht Party mache.«
»Das habe ich auch nicht gedacht, aber wenn man jemanden hat, mit dem man die Abende verbringen kann, ist das doch auch sehr nett.«
»Hast du etwa niemanden?«
»Wenn du es genau wissen willst, nein, aber das soll nicht heißen, dass ich abstinent lebe.«
»Das hätte ich mir bei dir auch schlecht vorstellen können!«
»Warum?«
»Du siehst gut aus, groß, blond, gute Figur, nettes Gesicht, darauf stehen doch die Frauen. Aber ich hätte nicht gedacht, dass du ein One-Night-Stand-Typ bist.«
»Wer sagt das denn? Ich sehe doch mehr aus wie der perfekte Schwiegersohn, oder?«
»Das vielleicht nicht, aber ich hätte dich jetzt nicht so eingeschätzt.«
»Ich habe auch keine One-Night-Stands, sondern kurze Beziehungen.«
»Ja, klar, ab wann ist es denn eine Beziehung?«
»Wenn man die Spanne von 24 Stunden durchbrochen hat.«
»Wow, auch eine Ansichtssache.«
»Hast wohl Recht. Stehst du nicht auf Spaß für einen Abend?«

»Nein. Ich finde es okay, wenn Leute das mit ihrem Gewissen vereinbaren können, aber ich würde nie mit Männern schlafen, die ich nicht attraktiv finde, und ganz blöd sollten sie auch nicht sein, und dann ist die Chance, sich zu verlieben, nicht sehr gering, und da ich mich schnell verliebe, würde ich dann ein böses Erwachen vor mir haben. Außerdem muss ich meinem Partner vertrauen, und da fühle ich mich in einer Beziehung geborgener, und das brauche ich. Hattest du nie Angst, dich in die Frau zu verlieben?«
»Daran darf man nicht denken, und wenn es vorher von beiden Seiten aus akzeptiert wird, dass es nur Sex und keine Liebe ist, ist das doch okay.«
»Schon, aber das klingt so berechnend. Es gibt dir nie einer die Garantie, dass du dich nicht doch verliebst.«
»Das stimmt schon, aber es gibt keine Garantie für die Liebe.«
»Das stimmt auch wiederum. Die Liebe ist eben ein seltsames Spiel.«
»Stimmt, aber es ist auch interessant und reizvoll.«
»Ohne wäre es langweilig.«
Sie redeten noch eine ganze Weile, bis sich jeder auf den Weg machte und nach Hause fuhr. Josephine hatte den Abend sehr genossen, es war eine wohltuende Abwechslung, und sie mochte Josh, er war offen, ehrlich und hatte eine sehr unterhaltsame Art. Als sie zu Hause ankam, war Daniel noch am Arbeiten. Sie schaute nur kurz im Studio vorbei und ging dann zu Bett. Sie war müde, der Tag war anstrengend und Daniel wusste nicht, wie lange er noch arbeiten musste.
Als Josephine sich ins Bett legte, merkte sie, dass sich unter ihrer Decke etwas befand. Etwas irritiert und zögerlich griff sie unter die Decke. Es war ein Briefumschlag. Josephine freute sich, denn er war von Daniel. Ungeduldig öffnete sie den Umschlag.
»Als kleine Entschädigung für dieses Wochenende wollte ich dich am kommenden Wochenende einladen zu einem kleinen zweitägigen Ausflug zu einer Wellnessfarm, wo wir entspannen

und es uns gut gehen lassen. Dann holen wir die Zeit nach, die wir dieses Wochenende nicht haben! Ich liebe dich, Daniel.«
Josephine freute sich. Sie hätte vor Daniel niemals gedacht, dass ein Mann so einfühlsam und romantisch sein konnte. Sie überlegte, wie sie sich revanchieren konnte, doch ihr fiel nichts ein. Sie grübelte weiter, doch die Müdigkeit besiegte sie, und sie schlief ein. Später in der Nacht kam Daniel auch ins Bett. Schlaftrunken erzählte Josephine ihm alles Mögliche und kuschelte sich an ihn. Daniel musste sich das Lachen verkneifen, obwohl es sehr süß war.

Am nächsten Morgen machte Josephine Frühstück, denn das war die einzige gemeinsame Zeit, die sie mit Daniel hatte.
»Danke, dass du schon alles gemacht hast.«
»Das lass mal gut sein. Ich habe allen Grund, dankbar zu sein, denn dein Brief gestern ist mir nicht entgangen, und ich freue mich sehr, auch wenn ich nicht weiß, womit ich das verdient habe!«
»Na ja, es ist auch noch eine kleine Beichte damit verbunden.«
Josephine ließ gleich alles fallen und hatte sofort seinen Seitensprung im Gedächtnis. »Sag nicht, du hast wieder ...«
»Nein, das traust du mir zu? Ich habe dir doch gesagt, dass das ein einmaliger Ausrutscher war. Ich wollte eigentlich nur sagen, dass ich übernächstes Wochenende mit Managern Verhandlungen habe und dafür nach Boston muss.«
»Dann bin ich ja beruhigt. Tut mir Leid, aber es ist nun mal eine wunde Stelle bei mir.«
Daniel war etwas angesäuert: »Ich weiß, aber ich hatte gehofft, du könntest es vergessen und mir wieder ganz und blind vertrauen.«
»Das tue ich auch, aber ich brauche Zeit, bis es so wird, wie es mal war.«
»Das verstehe ich.«
Sie frühstückten noch ein bisschen, und dann musste Daniel arbeiten.

Josephine hatte keine Lust, alleine rumzuhängen, und machte sich spontan auf den Weg zu Jason. Sie hatte Glück, und er war da, allerdings führte er stundenlange Telefonate mit seiner Freundin Nancy. Sie waren seit sieben Jahren zusammen, aber Nancy musste dem New Yorker Trubel entfliehen und war für ein Jahr nach Neuseeland gegangen. Es war hart für die beiden, doch möglich durch ihre Liebe.
»Komm rein, ich bin gleich fertig!«
»Lass dir ruhig Zeit, ich mache es mir bequem.«
Jason verschwand wieder ans Telefon, und Josephine machte es sich gemütlich. Das Beste an ihrem Bruder war, dass er der totale Süßspeisen- und Teefreak war. Er backte an jedem Wochenende einen anderen Kuchen oder machte ein anderes Dessert, und er hatte eine Liebe für Teesorten. In seiner Küche stand ein alter Schrank, der von unten bis oben mit verschiedenen Tees gefüllt war. Er hatte alle fein säuberlich in Dosen gefüllt und beschriftet. Es war ein richtiges Paradies, man fand Früchtetees von Maracuja über Limone bis Apfel-Zimt, verschiedene aromatisierte Schwarztees, Grünen Tee, Rooibostees und so weiter. Josephine liebte den Peterchens-Mondfahrt-Tee, aber den bekam sie immer nur, wenn sie traurig oder krank war. Heute entschied sie sich für Limone. Sie glaubte ja, dass hinter Jasons Sammelleidenschaft eine verborgene Botschaft steckte, doch er meinte nur, er würde gerne mal alle Sorten Tee probieren. Laut Josephines Interpretation hat er zusammen mit Nancy diese Leidenschaft angefangen und perfektioniert sie jetzt, weil sie nicht da war.
Irgendwann legte Jason den Hörer auf und hatte Zeit für seine Schwester. »Tut mir Leid, aber es war Nancy.«
»Das habe ich mir schon gedacht, und ich habe doch gerne gewartet. Wie geht es ihr?«
»Gut, sie fühlt sich immer wohler in Neuseeland. Sie liebt die Leute, die Landschaft, und wenn man das hört, könnte man fast neidisch werden.«
»Sie kommt aber zurück?«

»Ja. Möchtest du heute in den Genuss meines neuen Kuchens kommen?«
»Gerne, was ist es denn?«
»Ein Schokoladen-Mandel-Kuchen mit einer Vanillesahne.«
»Klingt verführerisch. Ich habe auch schon mal Tee gekocht.«
»Dann decke ich den Tisch auf dem Balkon. Womit habe ich deinen Besuch verdient? Gibt es Probleme?«
»Meinst du, ich komme nur zu dir, wenn ich Probleme habe? Meinst du nicht, es würde reichen, meinen charmanten Bruder wiedersehen zu wollen?«
»Okay, du hast Probleme. Wo drückt der Schuh?«
»Da muss ich dich leider enttäuschen, aber momentan gibt es keine Katastrophen, es läuft besser denn je. Daniel ist mehr als nur ein Schatz. Er hat mir heute einen Zweitagetrip geschenkt, weil er übernächstes Wochenende keine Zeit für mich hat.«
»Muss Liebe schön sein!«
»Ist sie auch! Doch ich glaube, da erzähle ich dir nichts Neues!«
»Das stimmt wohl, aber in letzter Zeit kommt die Liebe bei mir definitiv zu kurz. Ich vermisse Nancy schon sehr.«
»Das kann ich mir vorstellen, aber bald sieht das alles wieder anders aus.«
Sie unterhielten sich noch ein bisschen, und dann fuhr Josephine wieder nach Hause. Sie bereitete das Abendessen für Daniel und die anderen Musiker vor, guckte sich danach eine romantische Schnulze im Fernsehen an und ging schlafen.

Die nächste Woche verlief reibungslos. Josephine arbeitete an ihrem neuen Auftrag, fieberte dem Wochenende mit Daniel entgegen, und dann war endlich Freitag. Sie packten ihre Taschen, beluden das Auto, und schon waren sie auf dem Highway in Richtung Erholung.
Daniel hatte für sie ein Zimmer in einem schönen Wellnesshotel reserviert. Das Hotel lag in ländlicher Gegend. Es war perfekt, um sich zu entspannen, es gab Sportmöglichkeiten, herrliche Natur um sie herum, und Josephine liebte es. Kurz nach-

dem sie eingecheckt hatten, klingelte Josephines Handy, das einzige Utensil, was das Erholen erschweren könnte.
»Ja?«
»Na, gibt's dich auch noch?«
»Hey, lange nichts von dir gehört! Wie geht's dir?«
Es war Josh, aber Josephine wollte nicht, dass Daniel etwas mitbekam und verzog sich ins Badezimmer.
»Danke, gut, und selbst?«
»Kann nicht klagen, denn es ist ja Wochenende.«
»Sehr richtig. Hast du heute Abend schon was vor? Es soll ein neuer Club eröffnet werden, und ich habe Karten aus der Redaktion bekommen.«
»Das tut mir Leid, aber ich bin mit Daniel übers Wochenende weggefahren. Aber wie wäre es mit nächstem Wochenende?«
»Okay, aber diesmal ehrlich!«
»Versprochen. Wenn du Lust hast, könnten wir uns auch Montag in der Mittagspause sehen und die Wochenendaktivitäten besprechen.«
»Dann würde ich mal sagen, dass wir uns am Montag im Central Park an einer gewissen Bank treffen. So gegen 13 Uhr?«
»Wunderbar, dann wünsche ich dir viel Spaß heute Abend.«
»Werde ich hoffentlich haben, dann erhol du dich mal gut.«
Josephine legte auf und ging zurück ins Zimmer.
»Na, wer hat dich gestört?«
»Es war jemand aus dem Büro, wir hatten mal angedacht, am Wochenende was zu unternehmen, aber dieses Wochenende habe ich ja schon was Besseres vor.«
»Dann könnt ihr das ja nächstes Wochenende nachholen. Wollen wir zum Essen gehen?«
»Bin sofort fertig.«
Josephine verschwand noch mal kurz im Badezimmer. Sie wollte Daniel nicht anlügen, aber sie war sich sicher, dass es besser so war. Er sollte sich nicht unnötig Sorgen machen, und sie sollten doch das Wochenende genießen und nicht durch überflüssige Diskussionen belasten.

Beim Essen genossen sie das leckere Essen, und danach ließen sie den Abend ganz entspannt bei einem ausgiebigen Bad im Whirlpool mit Sekt und Erdbeeren ausklingen. Josephine genoss jede Minute mit Daniel, es war wie in einem Traum.
Am nächsten Morgen brauchten sie etwas länger, um das Bett zu verlassen. Endlich hatten sie Zeit füreinander. Kein Telefon, das sie stören konnte, keine Verpflichtungen, einfach nur er und sie. Natürlich nutzten sie dies in vollen Zügen und genossen auch die gebotenen Vorzüge wie ein großes gemütliches Bett.
Nach dem Aufstehen stärkten sie sich ausgiebig am Büfett. Josephine liebte es zu frühstücken, nutze das komplette Angebot, und so kam es, dass sie über zwei Stunden brauchten. Doch danach machten sie einen Verdauungsspaziergang, spielten Tennis und ließen sich von den Masseuren verwöhnen. Herrlich!
Nachdem sie nachmittags Tee getrunken hatten, inspizierten sie den Pool und die Sauna. Am Abend waren beide dann vollkommen erledigt von den sportlichen Aktivitäten und ließen sich das Essen aufs Zimmer bringen. Es wurde ein schöner Abend, eine schöne Nacht und das entsprach dem gesamten Wochenende.
Als Josephine und Daniel Sonntag Abend zurückfuhren, waren sie entspannt, erholt, und es ging ihnen super. Auch der Gedanke an die kommende Woche konnte ihnen die Stimmung nicht verderben.

Josephine fiel es zwar schwer, am nächsten Morgen so früh aufzustehen, doch je schneller sie mit ihrer Arbeit fertig war, desto eher sah sie Daniel wieder.
In der Mittagspause wartete dann auch noch Josh auf sie.
»Hey, schön, dich wiederzusehen! Wie geht's dir?«
»Anscheinend nicht so gut wie dir, du strahlst ja übers ganze Gesicht!«

»Oh ja, ich gebe dir einen guten Rat: Wenn du deiner Freundin mal einen Gefallen tun willst, dann fahr mit ihr ein Wochenende aufs Land, um euch zu erholen und verwöhnen zu lassen.«
»Bei dir hat es ja geklappt!«
»Es war wahnsinnig schön.«
»Das freut mich. Hast du gar nichts zu essen dabei? Nur von Liebe und Luft zu leben ist nicht gerade gesund!«
»Ganz so schlimm ist es dann doch noch nicht. Ich stand vor dem Scheideweg, denn entweder hätte ich mir etwas zu essen gekauft oder ich wäre zu spät gekommen, und da habe ich mich für dich entschieden.«
»Wow! Für diese heldenhafte Geste biete ich dir sogar ein Stück von meinem Baguette an!«
»Da sage ich nicht nein. Danke! Wie war der neue Club?«
»Eine Katastrophe. Das lag jetzt nicht am Club, sondern an meiner Arbeitskollegin. Nachdem du mir so charmant abgesagt hattest und sie es mitbekommen hat, war sie dann meine Begleitung, zweite Wahl, versteht sich.«
»Dann bin ich ja beruhigt. Wie ging es weiter?«
»Erst war es noch ganz lustig, aber wenn Mädels mir zu sehr auf die Pelle rücken, bin ich davon nicht so begeistert. Und nachdem sie meinte, wild vor mir herumtanzen zu müssen, war das echt peinlich, denn sie ist nicht die begnadetste Tänzerin.«
»Sie wollte dir doch nur imponieren und deine Aufmerksamkeit auf sich lenken, sie wollte doch nicht perfekt sein!«
»Das Problem war ja auch, dass sie mir einen Flirt vermasselt hat, und die andere Frau war der Wahnsinn. Gut aussehend, witzig, hatte die perfekte Mischung aus unnahbar und bester Kumpel. Ein Traum!«
»Doch du konntest nicht aktiv werden, weil deine Arbeitskollegin dich belästigt hat.«
»Ganz genau.«
»Dumm gelaufen, aber was hältst du davon, wenn wir Freitagabend den Club aufmischen und nach deiner mysteriösen Traumfrau suchen?«

»Jederzeit gerne, aber New York ist definitiv zu groß, um eine Person noch mal zu treffen. Da kannst du eine Nadel im Heuhaufen suchen!«

»Ich gebe zu, dass es bessere Voraussetzungen gibt, aber es ist besser, seinem Schicksal ein bisschen auf die Sprünge zu helfen, anstatt nichts zu tun. Außerdem schließt das ja nicht aus, dass wir beide Spaß haben.«

»Sehr richtig. Ich rufe dich dann noch mal an, denn ich muss weg, eine Sitzung wartet auf mich.«

Josh machte sich auf den Weg. Josephine aß noch sein restliches Baguette und ging dann auch. Die Stunden nach der Mittagspause vergingen im Schneckentempo, und Josephine zählte die Minuten bis zum Feierabend. Sie gab ja zu, dass ihre Motivation schon mal größer war, aber sie hatte Sehnsucht. Als sie dann endlich zu Hause war, hatte Daniel dasselbe Problem wie sie und wartete schon. »Ich habe dich vermisst.«

»Ich dich auch!«

Sie nahmen sich den restlichen Tag Zeit für sich, und so ging es dann auch die ganze Woche über. Doch Freitag Morgen hieß es Abschiednehmen, wenn auch nur bis Sonntagabend, wenn Daniel alles geklärt hatte.

Josephine lenkte sich mit Arbeit ab, und abends traf sie sich mit Josh. Die beiden hatten verabredetet, vorher noch in eine Kneipe zu gehen. Josephine freute sich sehr auf den Abend, weil sie schon länger nicht mehr tanzen gegangen war, und sie hatte auch Lust, sich richtig zu stylen. Sie entschloss sich allerdings für eine schlichte Jeans, ein Samttop, ihre Highheels und peppte das Ganze mit einem schönen Gürtel und etwas Schmuck auf. Es war dezent, elegant, und die Hauptsache war, dass Josephine sich wohl fühlte.

Sie traf Josh in einer Lounge nahe des Clubs. Er sah gut aus.

»Hallo! Na, mit so einem Mann neben mir werde ich heute die Neider auf meiner Seite haben!«

»Schleimer, trotzdem danke, aber ich kann das Kompliment nur zurückgeben, du siehst schon sehr ...!«

»Warum sprichst du es nicht aus?«
»Weil ich dir nicht zu nahe treten wollte, denn ich wollte sagen, dass du sehr sexy aussiehst, und das solltest du jetzt nicht falsch verstehen.«
»Keine Sorge, ich glaube, wir beiden wissen, wo unsere Grenzen sind, und gegen nette Komplimente hat wohl keine Frau Einwände.«
Sie tranken ein bisschen, unterhielten sich über die Arbeitswoche und machten sich dann auf ins New Yorker Nachtleben.
Die erste Dame, der die beiden im Club begegneten, war ausgerechnet Joshs Arbeitskollegin. Mit einem überschwänglichen Schmatzer auf die Wange begrüßte sie ihn. Joshs Begeisterung hielt sich in Grenzen und Josephines auch, denn die Dame hatte nichts anderes zu tun, als die ganze Zeit bei ihnen zu stehen und sie vollzulabern.
Josephine konnte sich erfolgreich absetzen und musterte die Tanzfläche. Als gute Musik gespielt wurde, konnte sie nicht anders und musste tanzen. Sie tanzte, hatte den ein oder anderen Augenkontakt und genoss den Abend, obwohl ihre charmante Begleitung sich mit anderen Frauen amüsierte.
Erst als Josephine von einem nicht ganz seriös wirkenden Mann angesprochen wurde, war Josh zur Stelle und half ihr aus der Situation.
»Du hättest meinetwegen nicht deine Mädels stehen lassen müssen, ich kann mich schon alleine durchsetzen!« Josephine war etwas zickig, denn sie konnte es nicht gut mit ansehen, dass Josh so begehrt war.
»Wer sagt denn, dass das kein Vorwand war?«
»Das ist eine der billigsten Ausreden, die ich jemals gehört habe!«
»Oh, du traust mir also zu, dass ich lieber mit billigen Mädels den Abend verbringe, die einen Ausschnitt bis zum Bauchnabel haben und Röcke, die gerade mal den Hintern bedecken, und sie dir vorziehe?«
»Du hast sie aber sehr genau angeschaut!«

»Das möchte ich nicht verneinen, es war das einzig Erträgliche an denen, denn wenn du sie hättest reden hören, wäre dir gleich anders zumute.«
»Warum glaube ich dir nicht?«
»Weil du zu skeptisch bist. Aber um alles wieder gutzumachen, werde ich nicht mehr von deiner Seite weichen.«
»Aber alleine auf Toilette gehen, darf ich noch, oder?«
»Nur wenn es nicht länger als drei Minuten dauert.«
»Idiot!«
Josh lächelte sie an und zog Josephine auf die Tanzfläche. Er machte seine Drohung war und blieb den ganzen Abend bei ihr. Als seine Arbeitskollegin ihn zum Tanzen aufforderte, musste er leider passen. Josephine und er hatten Spaß, sie tanzten, tranken, und es war ein sehr gelungener Abend.
Gegen halb sechs guckte Josephine zum ersten Mal auf die Uhr: »Was, so spät schon?«
»Hast du Termine?«
»Nein!«
»Also, dann genieße es und vergiss die Uhrzeit!«
Sie tanzten noch ein bisschen, und um 6.30 Uhr schloss der Club.
Josephine war total aufgedreht, als sie nach draußen kam, die Sonne schien und alle Straßen so belebt waren. »Ich will noch nicht nach Hause!«
»Wenn du willst, entführe ich dich auf ein Frühstück bei mir!«
»Da sage ich nicht nein.«
Sie kauften ein paar Brötchen und fuhren zu Josh nach Hause. Er bereitete alles vor, und Josephine machte sich kurz frisch und inspizierte seine Wohnung. Sie war sehr geschmackvoll und schön eingerichtet.
Sie frühstückten, und dann war Josephine zu müde, um noch nach Hause zu fahren, und es dauerte nicht lange, und sie war auf dem Sofa eingeschlafen. Josh legte sich in sein Bett und schlief auch ein. Ein paar Stunden später wachte Josephine wieder auf und suchte Josh. Er lag unschuldig und süß in sei-

nem Bett. Es war ein Bild für die Götter. Sie guckte ihn eine Weile an, doch dann wachte er auf.
»Oh, stehst du schon lange da? Ich muss wohl eingeschlafen sein.«
»Kein Problem, ich bin auch eingeschlafen.« Sie setzte sich zu ihm aufs Bett. »Du siehst süß aus, wenn du schläfst. So richtig nett.«
»Bin ich sonst etwa nicht nett?«
»Doch, ab und zu schon.«
»Wenigstens schnarche ich nicht im Schlaf...«
»Was soll das denn heißen?« Josephine nahm ein Kissen, es begann eine Kissenschlacht, und die beiden kabbelten sich. Es dauerte eine Weile, doch dann hatte Josephine Josh in ihrer Macht. Sie hielt seine Arme fest, und er ergab sich.
Als Josh sie mit seinen nussbraunen Augen so anlächelte, verlor Josephine die Kontrolle und küsste ihn. Josh war zwar irritiert, aber erwiderte ihren Kuss. Er konnte gut küssen, es war wunderschön, sie dachte nicht nach, verdrängten die Konsequenzen, sie konnten nicht voneinander lassen, es würde zu weit gehen, es war egal, sie wollte ihn, er wollte sie, was sollten sie dagegen tun? Sie genoss jede Sekunde mit ihm, er war vorsichtig und einfühlsam, es passierte sehr langsam, mit zärtlichem Vorspiel, vielen Küssen, schönen Berührungen, und er konzentrierte sich nur auf sie.
Es war toll, aber es war falsch. Verstört zog Josephine ihre Klamotten wieder an. »Ich glaube, ich muss jetzt gehen. Es tut mir Leid!«
Josh schlüpfte in seine Boxershorts und lief ihr hinterher: »Nein, so einfach kommst du mir nicht davon.«
»Bitte Josh, ich möchte nicht darüber reden.«
»Hast du dich von mir bedrängt gefühlt?«
»Nein, es war nicht deine Schuld.«
»Du musst es ihm nicht sagen.«

»Daran möchte ich lieber gar nicht denken. Das ist jetzt wirklich nicht böse gemeint, und nimm es auch nicht persönlich, aber ich wäre jetzt lieber alleine.«
Sie ging los, setzte sich in die nächste U-Bahn und fuhr nach Hause. Josephine war total durch den Wind. Was hatte sie gemacht? Wie konnte sie Daniel das nur antun? Sie liebte ihn doch!

Sie war froh, als sie zu Hause war, und ging als Erstes unter die Dusche. Es tat gut, denn es gab ihr das Gefühl, als könnte sie ihre Schuld von sich waschen, und sie war froh, dass Daniel noch nicht zu Hause war, so konnte sie in Ruhe überlegen, ob sie es ihm sagen würde.
Plötzlich erschrak Josephine schrecklich, denn sie merkte, dass sie nicht unbeobachtet duschte. Hysterisch riss sie den Duschvorhang auf.
»Daniel, was machst du denn hier?!«
»Das sollte ich wohl eher dich fragen, denn du scheinst ein selten gesehener Gast hier zu sein.«
»Warum bist du wieder hier?«
»Das Meeting ist ausgefallen, und weil ich Sehnsucht nach dir hatte, bin ich so schnell wie möglich zurückgefahren.«
»Du bist süß!«
»Was man von dir nicht behaupten kann.«
»Warum?«
»Ich bin seit heute Nacht um 3 Uhr wieder zu Hause. Ich schlage vor, du kommst gleich in die Küche, wenn du dich angezogen hast!«
Daniel ging, und Josephine wäre am liebsten im Erdboden versunken. Warum war er früher zurückgekommen? Was sollte sie ihm sagen? Sie war restlos mit der Situation überfordert. Reumütig ging sie die Treppe hinunter in die Küche.
Daniel wartete schon, und Josephines Verhalten verriet alles. Den Blick gesenkt, möglichst keinen Augenkontakt, sie war unsicher, und Daniel fragte: »Müssen wir überhaupt darüber

reden, was passiert ist? Ich glaube, es reicht, mir zu erklären, warum du mit einem anderen geschlafen hast.«
»Nur weil ich eine Nacht nicht zu Hause war, heißt das nicht zwangsläufig, dass ich Sex mit jemand anderem hatte.«
Daniel guckte sie fordernd an. »Auch wenn es in diesem Fall nicht zutrifft. Was hättest du gemacht, wenn ich erst morgen wiedergekommen wäre? Hättest du mir alles verschwiegen und so getan, als wäre nichts gewesen?«
»Ich weiß es nicht, weil es nicht geplant war. Es ist über mich gekommen, ich wollte das nicht. Ich fühle mich mies und weiß nicht, wie ich dir das erklären soll.«
»Es wäre wohl wirklich besser gewesen, ich hätte mir Zeit auf meiner Reise gelassen, aber nein, ich musste ja Sehnsucht haben nach meiner Freundin, die bei der erstbesten Gelegenheit mit einem anderen ins Bett steigt.«
»Jetzt werd' mal nicht unfair! Immerhin bin ich nicht die Einzige mit Seitensprungerfahrung.«
»Ach so, wir sind jetzt quitt, oder wie soll deine Rechnung aufgehen?«
»Es soll überhaupt keine Rechnung aufgehen, denn dafür hätte alles geplant sein müssen. Ich lass mich nur nicht darstellen, als hätte ich etwas begangen, von dem du dich freisprechen könntest.«
»Kann ich auch nicht, aber gibt dir das das Recht, alles zu machen, was ich mache? Würdest du in einen Brunnen springen, wenn ich gesprungen wäre?«
»Eine Zeit lang hätte ich das ohne zu überlegen auch gemacht, weil ich mir ein Leben ohne dich niemals vorstellen konnte und wollte, aber jetzt kann ich ja froh sein, dass du mir die Augen öffnest und mir meine Rechte zeigst. Ich bin nicht stolz auf das, was passiert ist, aber stell dich nicht als Unschuldsengel hin!«
Josephine war sauer und ging auf ihr Zimmer. Sie ließ Daniel einfach stehen, obwohl sie ihm eine Erklärung schuldig war. Jason meinte immer, dass Angriff die beste Verteidigung sei, aber so hatte sie sich das nicht vorgestellt. Sie hätte jetzt heulen

müssen, vor ihm auf die Knie fallen und um Verzeihung bitten, stattdessen stritten sie sich.

Daniel wunderte sich genauso darüber. Er hatte ein unheimlich schlechtes Gewissen nach seinem Seitensprung gehabt und hätte alles dafür gegeben, dass Josephine ihm verzeiht, aber sie? Es verwirrte ihn, und er machte sich zum ersten Mal Gedanken darüber, ob sie vielleicht gar nicht wollte, dass er ihr verzieh! Er zog seine Jacke an, setzte sich in seinen Wagen und fuhr ziellos durch die Gegend.

Josephine sah aus dem Fenster, wie Daniel wegfuhr, und am liebsten wäre sie hinterher gefahren, aber sie wusste, dass es besser so war.

Daniel fuhr über den Highway auf eine Landstraße. Als er merkte, dass er sich nicht mehr konzentrieren konnte, bog er ab, hielt an und ging ein paar Schritte zu Fuß. Die Einsamkeit und Ruhe taten ihm gut und halfen ihm, wieder zu sich zu kommen. Er wusste nicht, was er falsch gemacht haben sollte, er hat sich doch so sehr bemüht, alles richtig zu machen und ihr alle Wünsche zu erfüllen. Anscheinend war es ihm nicht gelungen. Er setzte sich hin, und auch wenn man es nie vermutet hätte, fing er an zu weinen.

Josephine hingegen konnte immer noch nicht weinen, sie war zu geschockt über das, was sie getan hat, dass sie mit Josh geschlafen und Daniel so schlecht behandelt hatte. Was war nur in sie gefahren? Verzweifelt versuchte sie Daniel auf dem Handy anzurufen, aber der nahm nicht ab.

Er hörte zwar das Klingeln, aber er wollte nicht, dass sie mitbekam, wie sehr sie ihn verletzt hatte und dass er ihretwegen weinte. Josephine hatte ihn noch nie weinen sehen und er hatte erst zweimal in seinem Leben bewusst geweint: das erste Mal bei dem tödlichen Unfall seines besten Freundes, Daniel war damals 18, hatte große Differenzen mit seinen Eltern, und der Einzige, dem er vertraute, war dieser Freund, den er nun verloren hatte. Das zweite Mal weinte er, als ihn seine Eltern zu

Hause rauswarfen. Er hatte keine Zukunft, keine Perspektive, und das hat ihn fertig gemacht. Diese Zeit hat ihn geprägt und abgehärtet. Er ließ niemanden näher an sich herankommen, denn wenn dir alles egal ist und die Freundschaften und Beziehungen oberflächlich sind, kannst du nicht verletzt werden.
Nur sein bester Freund hatte Daniels Schale knacken können.
Josephine war die zweite Person in seinem Leben, die es schaffte, seine wahre Seite kennen zu lernen, und was hatte er davon? Die Vorstellung, alleine zu sein, niemanden zu haben, der dich begrüßt, wenn du nach Hause kommst, den du anrufen kannst, wenn es dir schlecht geht, war zu schmerzhaft. Die Situation war zum Ausrasten. Zumal er keinen Einfluss darauf hatte, es lag in Josephines Hand, wie es weitergehen sollte. Er liebte sie, und er brauchte sie mehr als jeden anderen Menschen, doch wenn sie sich zu jemand anderen hingezogen fühlte, seine Gefühle nicht erwiderte und einfach nicht mehr glücklich in der Beziehung war, sollte sie gehen. Diese Vorstellung war schlimm für Daniel.
Für Josephine kam das gar nicht infrage, doch wie konnte sie es ihm sagen? Sie saß auf der Treppe, starrte auf die Haustür und wartete darauf, endlich das Motorengeräusch des Autos zu hören und Daniel durch die Tür kommen zu sehen.
Doch Daniel wollte nicht zurückfahren, er hatte Angst davor, Angst, dass seine Befürchtungen wahr wurden und Josephine ihm sagte, dass sie ihn verlassen würde. Vielleicht wäre es doch besser, wenn er die Begegnung noch hinauszögern und er die Illusion aufrechterhalten könnte. Doch er wusste, dass Weglaufen keinen Zweck hatte, und trat den Rückweg an.
Als Josephine den Wagen kommen sah, fing sie vor Freude an zu weinen, sie lief an die Tür. Daniel kam herein, und aus Josephine brach es nur so heraus: »Es tut mir alles so Leid, ich wollte das nicht. Ich würde alles dafür tun, um es wieder rückgängig machen zu können. Wirklich alles! Aber ich will dich nicht verlieren. Niemals! Bitte, du musst mir das glauben!«

Daniel war froh darüber und nahm sie in den Arm. »Ich will dich auch nicht verlieren!«
Sie beruhigten sich, setzten sich in die Küche und redeten noch einmal in Ruhe darüber.
»Ich weiß wirklich nicht, wie es passieren konnte, ich habe einfach die Kontrolle verloren.«
»Ist schon okay, ich weiß, wie das ist. Du musst nur ehrlich zu mir sein: Empfindest du was für diesen Typen? Kennst du ihn schon lange? Sagst du das alles nur, um mich zu beruhigen? Ich möchte, dass du glücklich bist, und wenn es nicht mit mir ist, dann mit einem anderen!«
»Das ist zwar sehr selbstlos von dir, aber ich bin glücklich, und zwar nur mit dir, das musst du mir glauben!«
»Ich glaube dir! Wir schaffen es schon, diese Krise zu überstehen!«
»Davon bin ich überzeugt!«
Sie redeten noch eine ganze Weile, und als Josephine am Abend ins Bett ging, hatte sie das Gefühl, als wäre alles geklärt und gesagt.

Am nächsten Tag frühstückten Josephine und Daniel erst mal ausgiebig und genossen den Sonntag, doch sie bekamen spontanen Besuch. Es war Jason. Er dachte, dass Josephine alleine sei, weil Daniel ja eigentlich auf Geschäftsreise sein sollte.
»Ist Daniel schon wieder zurück? Ich hoffe, ich störe nicht.«
»Nein, gestern wäre es ungünstig gewesen, aber heute bist du willkommen.«
»Hatten Daniel und du also Spaß?«
»Nein, ich habe ihn betrogen und wir haben gestern darüber diskutiert!«
»Du hast – was?! Spinnst du?«
»Mach mir bitte keine Vorwürfe!«
Daniel kam dazu: »Es ist schon okay, Jason, wir haben das geklärt!«

Jason war total irritiert und auch recht sauer auf seine kleine Schwester. Wie konnte sie das nur tun? Als Daniel ein Telefonat hatte, sprach er Josephine sofort darauf an: »Von welchem Teufel wurdest du denn geritten?«
»Frag mich nicht, ich weiß es nicht.«
»Wer war das überhaupt?«
»Er heißt Josh, ich kenne ihn schon ein bisschen länger!«
»Wie bitte, das läuft schon länger?«
»Ein bisschen leiser bitte, ich möchte nicht, dass Daniel das mitbekommt.«
»Er weiß es also gar nicht!«
»Er weiß nicht, dass ich Josh schon länger kenne und mich nicht nur einmal mit ihm getroffen habe.«
»Verbrenn' dir nicht die Finger, das ist ein verdammt gefährliches Spiel, was du da spielst!«
»Ich spiele kein Spiel, und das Letzte, was ich hören möchte, sind Vorwürfe von dir! Ich weiß, dass ich Mist gebaut habe, und leide wohl mit am meisten darunter!«
Daniel kam wieder, Josephine wechselte sofort das Thema und sie sprachen über die Arbeit. Jeder erzählte von seinen Erlebnissen der letzten Woche, und alle versuchten, möglichst normal zu tun.
Jason schnappte sich kurz bevor er ging noch einmal Josephine, um mit ihr unter vier Augen zu sprechen. Er fand nicht richtig, dass sie so taten, als sei nichts gewesen. »Ihr könnt es zwar versuchen, aber es macht keinen Sinn, die Sache zu verdrängen. Du hast ihn betrogen und das ist Fakt. Wenn eure Beziehung intakt wäre, wäre das nicht passiert, also sucht nach dem Grund, warum es passieren konnte, und tut nicht so, als wäre nichts. Das bringt nichts.«
»Ich finde es gut, dass du dir Sorgen machst, aber wir müssen auch aus einer Mücke keinen Elefanten machen. Bitte, Jason, die Situation ist schon schwer genug für mich, also setz mich nicht noch mehr unter Druck! Wir wissen, was wir tun.«

»Ich wünsche es euch zwar, aber überzeugt bin ich davon nicht.«
Jason fuhr wieder nach Hause. Daniel hatte bemerkt, dass er nicht so gut mit der Situation umgehen konnte. »Jason war wohl ein bisschen mit der Situation überfordert, oder?«
»Das kann sein, aber er soll sich aus Sachen, die ihn nichts angehen, einfach raushalten. Es ist vielleicht ein Schock für ihn, weil er sich niemals vorstellen könnte, dass er Nancy betrügt oder andersherum.«
»Das konnte ich mir, ehrlich gesagt, auch nicht vorstellen, bis es passiert ist.«
»Ich doch auch nicht, aber wir können es nicht rückgängig machen. Lass uns bitte das Thema wechseln, das macht alles nur noch schwerer.«
Daniel gab sich größte Mühe, doch die Stimmung zwischen beiden war angespannt, auch wenn es niemand zugeben wollte.

Am Montagmorgen war Josephine sehr froh, dass sie arbeiten musste, denn so gab es ein paar Stunden am Tag, an denen sie nicht mit ihrem schlechten Gewissen und der komischen Stimmung zwischen ihr und Daniel konfrontiert wurde. Arbeit war immer noch die beste Ablenkungsmethode. Es lief auch perfekt, doch dann klingelte Josephines Handy.
»Ja?«
»Hi, ich bin es, Josh!«
»Warum rufst du an? Ich habe doch gesagt, dass ich mich melde, wenn mir danach ist.«
»Ich weiß, aber ich weiß auch, dass du dich nie gemeldet hättest.«
»Wäre das so schlimm gewesen?«
»Ja! Ich finde, ich habe ein Recht darauf, zu erfahren, wie es weitergehen soll.«
»Ja, gar nicht! Was glaubst du denn? Ich bin mit Daniel zusammen und liebe ihn. Das, was zwischen uns war, war ein Fehler. Es war nur Sex, ohne Gefühle und Bedeutung.«

»Das nehme ich dir nicht ab. Weißt du noch, wo wir über One-Night-Stands geredet haben und deine Meinung dazu ...?«
»Ja, ich weiß, und wenn ich könnte, würde ich es rückgängig machen. Jetzt muss ich wieder arbeiten!«
Josephine legte auf. Sie fühlte sich in die Ecke gedrängt, und das hasste sie abgrundtief. Sie wusste überhaupt nicht, was sie ihm antworten sollte. Doch sie hatte auch ein schlechtes Gewissen. Josh hatte nicht verdient, so behandelt zu werden. Reumütig griff sie zum Telefon und rief ihn zurück. »Es tut mir Leid.«
»Ist schon okay!«
»Nein, ist es nicht. Ich bin nur einfach mit der Situation überfordert und ich weiß nicht, was ich machen soll. Jeder macht mir Vorwürfe, jeder will wissen, warum was wie abgelaufen ist, und ich kann es niemandem sagen, weil ich es selbst nicht weiß. Ich war noch nie in so einer Situation und ich bin ganz bestimmt nicht stolz darauf. Egal, was ich tue, es ist falsch. Ich mag dich, doch ich bereue, dass wir miteinander geschlafen haben. Aber nur wegen Daniel. Wenn er nicht wäre, dann nicht, also verstehe das bitte nicht falsch. Doch ich bin seit Jahren mit Daniel zusammen, und das will ich nicht aufgeben.«
»Das verstehe ich! Wäre es anders, wenn es Daniel nicht gäbe?«
»Ich weiß es nicht, aber wahrscheinlich schon.«
»Das wollte ich nur wissen. Ich will dich auch nicht weiter unter Druck setzen. Melde dich einfach, wenn dir danach ist.«
»Mach ich!«
Josephine legte auf und wunderte sich über sich selbst. Was hatte sie da geredet? Sie liebte nur Daniel, und es wäre egal, ob sie Josh kennen gelernt hätte. Wenn es Daniel nicht gäbe, dann hätte das nichts geändert, denn sie stand auf Typen wie Daniel und nicht wie Josh. Wahrscheinlich hatte sie es nur gesagt, weil sie ihn nicht verletzen wollte.
Josephine stürzte sich wieder in die Arbeit. Nach Feierabend wollte sie etwas Besonderes für Daniel machen. Sie kaufte ein

paar Antipasti, machte sich zu Hause schön zurecht und lockte ihn aus seinem Tonstudio.
»Was hast du mit mir vor?«
»Das wirst du gleich sehen, ich glaube, dass uns etwas traute Zweisamkeit nicht schaden könnte.«
»Vielleicht hast du Recht! Ich lasse mich auf jeden Fall gerne überzeugen.«
Sie genossen ihre Zweisamkeit bei einem ausgiebigen Schaumbad, tranken Sekt, aßen das Essen, und beide hatten viel Spaß zusammen. Nachdem sie das Bad verlassen hatten, zögerten beide nicht lange, und es ging ohne Umwege ins Schlafzimmer. Die Situation war eindeutig, jeder wusste, worauf es hinauslaufen würde, und beide wollten es – dachten sie zumindest. Denn als Daniel in Josephine eindringen wollte, stieß diese ihn zur Seite, sprang auf und rannte weg.
»Ich kann das nicht!« Mit diesen Worten verließ sie überstürzt das Zimmer.
Daniel war irritiert. Was hatte er denn falsch gemacht? Alles war doch so wie immer. Während Josephine sich im Badezimmer einschloss, zog Daniel sich an, packte ein paar Sachen zusammen und ging lautlos. Ihre Reaktion war eindeutig gewesen, und egal was sie ihm zu sagen hatte, er wollte es nicht mehr hören.
Josephine hingegen war selbst geschockt von ihrer Reaktion und konnte ihn verstehen. Sie hatte automatisch gehandelt, es ging einfach nicht. Die Vorstellung, von ihm berührt zu werden, machte sie wahnsinnig. Irgendetwas lief verdammt falsch, und Josephine wusste nicht, was sie machen sollte. In ihrer Verzweiflung rief sie ihren Bruder an und machte sich auf den Weg zu ihm.
Für Daniel hinterlegte sie noch eine Nachricht: »Es tut mir Leid. Ich kann es dir nicht erklären! Bin heute Nacht bei Jason. Morgen nach der Arbeit erkläre ich dir alles!«

Als sie bei Jason vor der Tür stand, er ihr aufmachte, brach Josephine in Tränen aus. Jason nahm sie in den Arm, sie setzten sich aufs Sofa, und Josephine erzählte ihm das Malheur mit Daniel. »Ich weiß nicht, was los ist! Warum benehme ich mich so bescheuert?«

»Das kann ich dir leider auch nicht sagen, aber es ist wichtig, dass du die Gründe dafür herausfindest, denn so machst du dir und vor allem Daniel das Leben sehr schwer!«

»Ja, aber ich weiß nicht, wie ich es herausfinden soll. Ich will auch keine Konsequenzen ziehen oder so. Hinterher tue ich das Falsche!«

»Das kann dir vorher niemand sagen. Liebst du den anderen?«

»Nein, definitiv nicht!«

»Aber gewisse Gefühle für ihn sind da, oder?«

»Das kann man so nicht sagen. Ich mag ihn, er ist mir sympathisch, und wir haben viel Spaß miteinander, aber es ist nicht so, dass ich Sehnsucht nach ihm habe, seine Stimme am Telefon hören oder ihn sehen will. Ich liebe ihn nicht, und er hat keinen großen Einfluss auf das, was momentan zwischen Daniel und mir passiert!«

»Wenn dir das leichter fällt, dann fangen wir einfach mit den Dingen an, die keinen Einfluss auf deine Beziehung haben. Das Ausschlussverfahren!«

»Ich glaube nicht, dass das Sinn macht. Josh, so heißt der Typ, war der Tropfen auf den heißen Stein, mehr nicht, und mehr weiß ich auch nicht.« Josephine schluchzte.

»Liebst du Daniel noch?«

»Natürlich, und ich werde ihn immer lieben. Er war immer da für mich, er hat mir so viel Kraft und Selbstbewusstsein gegeben. Er war für mich nach dem Tod von Mama und Papa da, und ich werde ihn allein dafür schon immer lieben!«

»Oder *nur* dafür?«

»Wie meinst du das?«

»Vielleicht bist du nur noch mit ihm zusammen, weil du dich verpflichtet fühlst.«

»Nein, das hat Daniel weder verdient noch nötig. Er ist mir so wichtig, ich kann mir ein Leben ohne ihn gar nicht vorstellen.«
»Aber momentan kannst du nicht mit ihm leben!«
»Mag sein.«
»Ich weiß, es klingt sehr hart und gefühllos, aber ist vielleicht nach Daniels Seitensprung schon etwas zwischen euch kaputt gegangen, was du dir nicht eingestehen willst?«
»Natürlich, das bringt immer einen Riss in eine Beziehung, aber es war nicht so extrem bei uns. Ich hatte schon manchmal Angst, dass es wieder passieren könnte, und vertraute ihm nicht so wie vorher, aber ansonsten ist alles okay!«
»Hast du mit diesem Josh geschlafen, weil du es Daniel heimzahlen wolltest?«
»Nein!«
»Gratulation, du hast dir gerade all deine Probleme selbst beantwortet!«
»Irgendwie habe ich heute Schwierigkeiten, dir zu folgen!«
»Wenn du Daniel nicht mit einem Seitensprung verletzen wolltest, hast du es gemacht, weil du das Verlangen danach hattest, das Verlangen nach einem anderen Mann. Vielleicht hast du einfach auf dein Herz gehört und einmal den Kopf ausgeschaltet.«
»Mein Herz sagt aber Daniel!«
»Bist du dir ganz sicher?«
»Ja, zumindest die meiste Zeit!«
»Du weißt, dass du meine Schwester bist und dass ich dich liebe, aber ich mag auch Daniel, und auch wenn es dich jetzt verletzt, ich glaube, du spielst nur mit ihm!«
»Wie bitte?«
»Nicht aufregen, lass mich ausreden! Ich möchte dir nicht unterstellen, dass du ihn nicht geliebt hast, unter gar keinen Umständen, ihr habt euch sehr geliebt, aber ich glaube, das gehört der Vergangenheit an. Guck mal, wenn man sich in einer Beziehung gegenseitig betrügt, dann spricht das Bände! Es gibt dafür Gründe, und es ist definitiv ein Zeichen, dass da etwas

nicht stimmt. Es trifft auf euch beide zu, und deswegen bereitet dem Schrecken ein Ende, bevor es zu spät ist!«
»Das kann ich nicht! Das will ich nicht!«
»Es ist schwer, denn ihr wohnt zusammen, aber das ist auch der Punkt, der euch zusammenhält. Ihr habt nur noch Gemeinsamkeiten. Es gibt nicht ›deins‹, nicht ›meins‹, sondern immer nur ›unseres‹! Das ist schwer, aber nicht unmöglich, und wenn du mal darüber nachdenkst, gibst du mir sicher Recht, dass ich die Wahrheit sage!«
»Ich weiß nicht. Es ist doch normal, dass nach einer Zeit in einer Beziehung Routine einkehrt und man auch zum Teil aus Gewohnheit zusammen ist.«
»Das ist natürlich. Geht mir genauso, aber es darf nicht *nur* Gewohnheit sein. Denk einfach nur einmal darüber nach. Ich mag Daniel wirklich, und ich will dich auf keinen Fall zu irgendetwas überreden, aber ihr dürft euch nicht länger quälen. Es muss was passieren! Jetzt versuch zu schlafen! Es wird schon alles gut!«
Jason machte für Josephine das Sofa zurecht, und beide versuchten zu schlafen, schließlich mussten sie morgen wieder arbeiten. Josephine aber kam nicht zum Schlafen, sie grübelte und grübelte.

Am nächsten Morgen stand ihr ins Gesicht geschrieben, dass sie eine schlechte Nacht hinter sich hatte. Schnell verzog sie sich ins Büro, doch ihrer Assistentin war es nicht entgangen, und sie folgte kurz darauf mit einem Kaffee: »Du siehst so aus, als könntest du einen gebrauchen!«
»Danke, das ist nett von dir!« Josephine legte die Unterlagen weg. »Willst du dich nicht setzen?«
»Alles okay mit dir?«
Josephine nahm einen Schluck Kaffee. Eigentlich hatte sie kein sehr intimes Verhältnis zu ihrer Assistentin, aber manchmal war es gut, mit einem Außenstehenden zu reden. »In meiner

Beziehung kriselt es gerade etwas sehr heftig. Ich weiß nicht, was ich machen soll.«
»Männer machen einem das Leben viel zu schwer!«
»Im Prinzip sieht es bei uns so aus, dass ich ihm das Leben schwer mache. Daniel, also mein Freund, ist wirklich ein herzensguter Mensch, und ich liebe ihn, aber auf der anderen Seite habe ich ihn betrogen, und seitdem fehlt was zwischen uns.«
»Sag nicht, mit dem gut aussehenden Kerl von der einen Party!«
»Doch, mit genau dem. Woher wusstest du das?«
»Erstens war der Mann eine Granate, und zweitens habt ihr euch so süß angesehen! Da musste was laufen!«
»Es war nicht an dem Abend!«
»Spielt ja auch keine Rolle.«
»Es war aber nur ein Ausrutscher.«
»Das wiederum spielt eine Rolle.«
»Er ist wirklich nett, aber ich habe einen Freund.«
»Trotzdem hast du mit ihm geschlafen!«
»Ja, das weiß ich selber, aber das ist auch nicht das Problem zwischen Daniel und mir. Ich kann nicht sagen, wo das Problem liegt, und ich weiß vor allem nicht, wie ich ihm das klarmachen soll. Wie sagt man jemandem, dass man ihn liebt, aber nicht mit ihm zusammen sein kann, weil es einen wahnsinnig macht?«
»Da ist guter Rat teuer, und leider weiß ich auch keine Hilfe. Manchmal entfernt man sich unbewusst voneinander, und dann gibt es nur ein einziges Schlüsselerlebnis, bei dem dir bewusst wird, dass etwas anders geworden ist.«
»Aber anders muss ja nicht immer schlechter heißen.«
»Wenn dich seine Anwesenheit wahnsinnig macht, würde ich das nicht positiv deuten.«
»Nein, mein Problem ist, dass ich in gewissen Situationen nicht mit ihm zusammen sein kann. Zumindest war es gestern so. Wir wollten miteinander schlafen, und ich konnte nicht. Es war, als nimmt mir jemand die Luft zum Atmen, es war ein so beklem-

mendes Gefühl, dass ich einfach weggelaufen bin, und seitdem habe ich noch nicht wieder mit ihm gesprochen. Es war so furchtbar.«
»Du musst mit ihm reden!«
»Ich weiß, aber was soll ich ihm sagen?«
»Sag es ihm, wie du es mir gesagt hast. Sag ihm, wie du dich in dem Moment gefühlt hast.«
»Aber er wird es nicht verstehen!«
»Er wird auch nicht verstehen, warum du einfach weggelaufen bist, und mit der Wahrheit lebt es sich immer noch am besten. Wenn er dir was bedeutet, dann sei ehrlich zu ihm und redet darüber. Vielleicht findet ihr zusammen eine Lösung.«
»Ich weiß nicht.«
»Was hast du für Alternativen? Du rufst ihn jetzt an, nimmst dir den Rest des Tages frei, denn du musst eh Überstunden abfeiern. Also, es spricht nichts dagegen!«
»Danke!«
»Nicht dafür.«
Als Josephine wieder allein ihn ihrem Büro war, griff sie zum Hörer und wählte Daniels Nummer.
»Ja?«
»Hi, ich bin's.«
»Seit wann redet Madame wieder mit mir?«
»Ich weiß, dass du sauer bist, und ich verstehe das auch, aber lass uns reden, bitte!«
»Wäre vielleicht ganz angebracht. Wann und wo?«
»Am liebsten sofort, wenn du Zeit hast.«
»In einer halben Stunde hätte ich Zeit. Ich schlage vor, wir treffen uns in einer Stunde im Café am Central Park.«
»Einverstanden. Bis gleich.«
Nachdem sie aufgelegt hatte, war ihr noch mulmiger zumute. Daniel war richtig sauer. Wahrscheinlich hatte er schon eine Entscheidung für sich getroffen. Er wirkte so gefasst. Nun hatte Josephine richtig Angst. Sie konnte jetzt nicht sitzen bleiben, sie musste irgendetwas machen.

Schnell machte sie sich noch im Büro etwas frisch und verschwand. Vielleicht würde ein bisschen Schaufenstergucken sie ja ablenken. Es gab doch so viele schöne Klamotten, die sie noch nicht hatte und sich irgendwann mal kaufen könnte. Doch Josephines einzige Angst war, den Mann, den sie noch hatte, nicht mehr haben zu können, aber haben zu wollen. Es war zum Durchdrehen! Die Minuten vergingen wie Stunden, und es gab nichts und niemanden, der sie jetzt ablenken könnte.
Dann war es endlich soweit. Eine Viertelstunde zu früh saß Josephine bereits im Café und wartete ungeduldig. Vor lauter Nervosität zerfledderte sie einen Bierdeckel. Dann kam Daniel endlich. Josephine stand auf, um ihn zu begrüßen, aber er setzte sich sofort. »Dann erzähl mal.«
»Ich weiß nicht, wie ich dir das erklären soll.«
»Wie wäre es mit: ›Daniel, ich habe mich in einen anderen verliebt, ich kann deine Nähe einfach nicht ertragen‹? Es ist mir ganz egal, wie du es sagst, Hauptsache du sagst etwas. Ich habe deine Spielchen nämlich satt.«
»Ich spiele keine Spielchen!«
»Ach, nein? Und was war das gestern? Du hast versucht, mich zu verführen, und als es soweit war, bist du geflohen. Einfach abgehauen, ohne auch nur ein Wort zu sagen. Das soll kein Spiel sein? Wie definiert man das denn dann? Sag es mir!«
»Ich weiß es nicht. Ich weiß auch nicht, was gestern mit mir los war. Ich wollte, dass wir einen schönen Abend haben. Ich wollte dir beweisen, dass ich dich liebe und du dir keine Sorgen machen musst, aber es ging nicht.«
»Das habe ich gemerkt!«
»Ich habe nie behauptet, dass es geklappt hat, ich möchte dir nur meine Intention erklären und dir sagen, dass du mir wichtig bist und ich dich brauche.«
»Du brauchst mich, aber für was? Um dein Ego aufzubessern, um nicht alleine zu sein, aber du brauchst mich nicht, weil du mich liebst. Zwischen uns hat sich etwas verändert, und ich

weiß nicht, was. Ich liebe dich, mehr als alles andere, aber ich kann so nicht weiterleben, und ich bin mir fast sicher, dass du nicht einmal mehr so weiterleben willst. Du bist nicht mehr glücklich mit mir, und deswegen solltest du deinen eigenen Weg gehen, und zwar alleine.«
Josephine war geschockt, und die Tränen stiegen ihr in die Augen. »Das ist nicht dein Ernst!«
»Ich habe lange darüber nachgedacht, und es ist das Beste so.«
»Jetzt glaub bloß nicht, dass ich dir deine Masche abkaufe! Du liebst mich und servierst mich ab, weil es ja das Beste für mich sei. Alles klar! Woher willst du wissen, was gut für mich ist?«
»Immerhin kennen wir uns seit fünf Jahren ziemlich intensiv.«
»Daher müsstest du wissen, wie wichtig du mir bist und mit wem ich glücklich bin.«
»Vielleicht glücklich *warst*, aber du bist es nicht mehr.«
»Es hat keinen Zweck mehr, darüber zu reden.«
Josephine stand auf, doch sie konnte so nicht gehen. »Es kann doch jetzt nicht einfach aus sein?«
»Ist es aber!«
»Daniel, wir können nach fünf Jahren doch nicht einfach zwischen Tür und Angel Schluss machen.«
»Das können wir nicht nur, wir tun es auch.«
Das war zu viel für sie. Es war das eingetreten, was Josephine befürchtet hatte. Sie hatte die Person verloren, die so wichtig für sie war. Sie machte sich auf den schnellsten Weg zu Jasons Wohnung. Er hatte ihr den Zweitschlüssel für Notfälle mitgegeben, damit sie in die Wohnung konnte, und die Situation jetzt war eindeutig ein Notfall. Sie schnappte sich eine Tafel Schokolade, zog Jasons Jogginganzug an, nahm sich eine Packung Taschentücher und legte sich weinend auf das Sofa. Warum? Es konnte nicht einfach alles so vorbei sein! Daniel konnte das nicht ernst meinen. Wahrscheinlich war er nur zu sauer und würde morgen oder so anrufen, um sich zu entschuldigen.
Als Jason nach Hause kam, ahnte er Böses: »Ich möchte dir nicht zu nahe treten, aber es sieht nach Frustbewältigung aus.«

Josephine schluchzte: »Es ist mehr als Frust, es ist eine Katastrophe.«
Jason setzte sich zu ihr und nahm sie in den Arm: »Was ist passiert?«
»Daniel hat Schluss gemacht!«
»Ich weiß, dass das hart ist, aber findest du nicht, dass es abzusehen war?«
»Wie kannst du so etwas sagen? Wir lieben uns. Er kann nicht einfach Schluss machen!«
»Es tut mir Leid. Ich wollte dich nicht verletzen und Daniel bestimmt auch nicht. Er liebt dich. Doch es gibt Situationen, in denen man keinen anderen Ausweg mehr sieht.«
»Wir hätten doch über alles reden können, wir hätten eine Lösung gefunden, wir haben es doch immer geschafft.«
»Ihr habt es geschafft, weil ihr Kompromisse eingegangen seid, was ich gut finde und was auch wichtig in einer Partnerschaft ist, aber irgendwann reicht das nicht mehr. Eine Partnerschaft darf nicht nur aus Kompromissen bestehen. Manchmal gehört mehr dazu!«
»Aber wir lieben uns, reicht das nicht?«
»Manchmal reicht Liebe allein einfach nicht aus. Natürlich ist es der wichtigste Faktor, und wenn die Liebe fehlt, kann man gleich die ganze Beziehung vergessen, aber manchmal reicht das nicht. Es ist schwer, im Alltag zu bestehen, und ihr habt es auch eine Zeit lang gut gemacht, aber danach war es vorbei. Ihr habt euch beide weiterentwickelt, und vielleicht in verschiedene Richtungen.«
»Klar, wir haben uns beide beruflich weiterentwickelt, und dadurch ist viel gemeinsame Zeit auf der Strecke geblieben, aber wir haben immer versucht, das zu kompensieren, Zeit für uns zu nehmen und etwas zu unternehmen, damit der Alltag nicht die Gefühle wegfrisst.«
»Das habt ihr auch geschafft, denn eure Gefühle haben sich nicht geändert. Manche Dinge lassen sich nicht erklären, und

ich weiß, wie beschissen es dir geht, aber ich glaube, dass der Schritt nicht falsch war.«
»Wie kann etwas nicht falsch sein, wenn es so weh tut? Wir verletzen uns beide, und das soll gut sein?«
»Nein, aber ihr habt euch vorher auch schon weh getan, und ich glaube einfach, dass es besser ist, einen Schlussstrich zu ziehen, solange man noch kann. Ich mag Daniel, und ich liebe dich, und ihr wart für mich immer ein perfektes Paar, aber das gehört der Vergangenheit an. Jetzt habt ihr die Chance, Freunde zu bleiben, und du behältst ihn in guter Erinnerung. Wäre es nicht viel schlimmer, wenn ihr eure Beziehung noch ein Jahr oder länger am Leben erhalten hättet, um dann einzusehen, dass es nicht funktioniert, und euch im Streit zu trennen? Dann hättest du nur schlechte Erinnerungen an ihn und würdest fünf Jahre oder mehr deines Lebens bereuen. Du verlierst ihn zwar als Partner, aber er geht doch nicht aus deinem Leben.«
»Vielleicht hast du Recht, aber ich möchte ihn nicht zu meiner Vergangenheit zählen. Er soll zu meiner Zukunft gehören.«
Josephine bekam einen erneuten Heulkrampf.
Jason gab sich alle Mühe: »Es ist gut, wenn du deinen Gefühlen freien Lauf lässt. Ich mach dir erst mal einen ganz besonderen Tee. Den Peterchens-Mondfahrt-Tee. Den gibt's nur bei Liebeskummer.«
Josephine mühte sich ein vorsichtiges Lächeln ab, und Jason verschwand in der Küche. Für den Rest des Tages erzählten die beiden noch ein bisschen, und Josephines Laune verbesserte sich ganz langsam.
Als sie abends alleine auf dem Sofa lag, kamen aber alle Gefühle wieder in ihr hoch. Zum ersten Mal wurde ihr bewusst, dass sie jetzt öfter alleine sein würde. Seit drei Jahren war sie keine Nacht mehr alleine gewesen, oder es war die große Ausnahme. Sie fühlte sich einfach wohler, wenn jemand neben ihr lag, und vor allem, wenn es Daniel war. Sie hatte nie Angst, wenn er da war, aber wenn sie einmal eine Nacht alleine war, dann schlief sie nicht so tief, achtete auf jedes Geräusch und es

war einfach anders. So wie jetzt. Sie war alleine und ab jetzt wohl auch für eine längere Zeit. Das war gewöhnungsbedürftig. Es gefiel Josephine ganz und gar nicht. Sie versuchte zu schlafen, aber es ging nicht. Irgendwann gab sie auf, setzte sich auf den Balkon und beobachtete die Straße. Es dauerte zwar, aber irgendwann überkam sie die Müdigkeit, und endlich konnte Josephine schlafen.

Am nächsten Morgen wurde sie von Jason und dem Duft nach frischem Tee geweckt.
»Wunderschönen guten Morgen! Wie hast du geschlafen?«
»So gut wie gar nicht. Es ist noch so komisch.«
»Was denn?«
»Die Gewissheit, nie wieder neben Daniel aufzuwachen.« Josephine fing wieder an zu weinen.
»Hey, ich dachte, dass mit den Tränen fangen wir heute nicht an.«
»Ich hab's versucht, aber es geht nicht.«
»Ist nicht schlimm. Gibt es irgendetwas, womit ich dich aufmuntern kann?«
»Danke, aber da muss ich alleine durch. Ich glaube, ich rufe im Büro an und nehme mir ein paar Tage frei. Es gibt noch so viel zu klären.«
»Mach das!« Jason reichte ihr das Telefon.
Josephine ließ sich gleich mit ihrer Assistentin verbinden.
»Hallo! Kannst du noch einmal meine Überstunden überprüfen, ob ich mir frei nehmen könnte, und wenn ja, wie lange?«
»Mach ich sofort. Bist du okay? Wie war das Gespräch?«
»Nicht gut, und das ist auch der Grund, warum ich heute nicht kommen möchte.«
»Das lässt sich bestimmt einrichten. Nach den Überstunden kannst du dir auch länger frei nehmen, immerhin hast du jetzt einiges zu regeln!«
»Wie meinst du das?«

»Schließlich habt ihr zusammen gewohnt, und das wird wohl in Zukunft nicht mehr so sein.«
»Darüber habe ich noch nicht nachgedacht, aber ich komme morgen auf jeden Fall.« Josephine legte auf, sie wollte nicht an solche Sachen denken.
»Kannst du frei bekommen?«
»Ja, zum Glück!«
»Ich würde mich gerne noch länger mit dir unterhalten, aber ich muss zur Arbeit. Frühstück steht in der Küche. Mach alles, wozu du Lust hast.« Jason gab ihr noch einen Kuss auf die Stirn und verschwand.
Nun war Josephine allein und wusste nichts mit ihrer Zeit anzufangen. Vielleicht hätte sie doch arbeiten sollen, aber nun war es zu spät. Sie holte sich ihr Frühstück und setzte sich erst einmal vor den Fernseher. Danach genoss sie ein ausgiebiges Bad und bewältigte ihren Frust mit intensivem Shopping.
Als sie zurück in die Wohnung kam, war Jason schon da. »Na, wie hast du dir die Zeit vertrieben?«
»Indem ich sinnlos Geld ausgegeben habe, und ich habe dir sogar etwas mitgebracht.«
»Cool, was denn?«
»Für deine Teesammlung.«
»Danke! Eistee! Der schmeckt bestimmt hervorragend und ist bei diesen Temperaturen genau richtig. Ich versuche es gleich mal aus!«
Jason verschwand in der Küche, und Josephine ging hinterher.
»Ist es okay für dich, wenn ich noch ein paar Tage hier wohnen bleibe?«
»Auf jeden Fall, du darfst auch gerne länger bleiben. Seitdem Nancy weg ist, ist es sowieso zu ruhig geworden, und ich freue mich, wenn du hier bist.«
»Das beruhigt mich, denn ich muss mir noch eine Wohnung suchen.«

»Meinetwegen musst du dich deswegen nicht beeilen. Sieh zu, dass du erst mal wieder mit dir selbst klarkommst, und dann geht es ans Grobe. Ich hoffe übrigens, du hast Hunger.«
»Immer doch, warum?«
»Heute Abend kommen zwei Kumpels von mir, und wir kochen zusammen.«
»Kenne ich die?«
»Ich weiß nicht. George und Tyler.«
»George kenne ich. Ist doch dieser etwas Korpulentere, der die ganze Zeit Flachwitze macht.«
»Oh ja, das stimmt, aber er hat immer gute Laune und steckt alle damit an. Tyler ist etwas ruhiger, aber super nett, und ohne die Jungs könnte die Arbeit echt langweilig werden.«
»Was gibt es denn zu essen?«
»Also, George macht die Vorspeise, einen Tomaten-Mozzarella-Salat, ich bin für das Hauptgericht zuständig, Meeresfrüchte-Spaghetti à la Jason, und Tyler macht Tiramisu als Dessert.«
»Klingt sehr gut – und was mache ich?«
»Du darfst mitessen!«
»Ich will aber auch etwas machen!«
»Dann lass dir etwas einfallen.«
»Hilf mir! Ich war noch nie dabei. Was kann ich machen?«
»Wie wäre es mit einem Getränk?«
»Ich könnte eine Bowle mit vielen frischen Früchten machen. Nur die sollte ich bald ansetzen.«
»Dann nichts wie los, wir gehen einkaufen und bereiten alles vor!«
Gesagt, getan. Drei Stunden später klingelte es an der Tür. Es waren George und Tyler. Jason öffnete die Tür und begrüßte die beiden.
Josephine deckte den Tisch auf dem Balkon.
»Bei dir duftet's mal wieder hervorragend, ich hoffe, mein Salat kann mithalten.«

»Davon bin ich überzeugt. Ich hoffe, es stört euch nicht, dass meine Schwester heute Abend dabei ist. Sie wohnt zur Zeit bei mir.«
»Gegen schöne Frauen ist nichts einzuwenden, außer sie sind vergeben.« George grinste, und Jason konnte nur hoffen, dass er Josephine in Ruhe lassen würde.
Als sie allerdings zu den Jungs kam, ging Georges Schleimerei schon los: »Welch Augenweide in unserer Männerrunde!«
Josephine grinste verlegen: »George, du wirst dich wohl nie ändern! Das letzte Mal, als wir uns gesehen haben, hast du fast exakt denselben Spruch gebracht!«
»Wir sind uns schon begegnet? Deinen Anblick hätte ich doch niemals vergessen!«
Josephine verdrehte die Augen und nahm ihn zur Begrüßung in den Arm. »Auf jeden Fall wirst du bei jedem Wiedersehen schöner!«
Josephine wandte sich an Tyler: »Hi, ich bin Josephine, Jasons kleine Schwester!«
»Und ich Tyler, Jasons kleiner Arbeitskollege!«
Es versprach ein lustiger Abend zu werden. Weil jeder sein Essen vorbereitet hatte, konnte die Schlemmerei unverzüglich beginnen. Alle machten es sich auf dem Balkon bequem, und George stürzte sich auf die Bowle. Schon während der Vorspeise verdrückte er drei Gläser. Es dauerte nicht lange, und Georges Witze waren unübertrefflich schlecht, aber dennoch trug es zur Belustigung der anderen bei. Sie unterhielten sich über alles Mögliche, und Josephine war froh darüber, dass sie etwas Ablenkung hatte. Nach dem Hauptgericht sagte sie: »Eins muss man euch lassen, ihr könnt wirklich toll kochen.«
»Wir sind aber noch nicht fertig mit Essen.«
»Ich platze gleich, wenn ich noch mehr esse.«
Tyler schaltete sich ein: »Nein, nein, nein! So geht das nicht. Sich vorher voll stopfen, nur um sich vor meinem Dessert zu drücken.«
»Ich drücke mich nicht, ich kann nur nicht mehr.«

»Das sagen sie alle, aber du verpasst wirklich was, wenn du mein Tiramisu nicht probierst, und ich würde es dir auch wirklich persönlich nehmen.«
»Hey, das ist Erpressung!«
»Mag sein, aber außergewöhnliche Desserts erfordern außergewöhnliche Maßnahmen.«
»Okay, ich gebe mich geschlagen, aber ich brauche eine kurze Pause.«
George schaltete sich mit ein: »Und einen Verdauungsschnaps. Danach fühlst du dich viel besser!«
Jason hatte auch seine Meinung zu dem Thema: »Ich würde vorschlagen, dass der Abwaschdienst erst mal den Abwasch macht und wir das Dessert zum Film essen.«
Josephine guckte verwundert: »Was für ein Abwaschdienst und was für ein Film?«
»Es sind immer der Reihe nach zwei dran mit Abwaschen, und nach dem Essen gucken wir aus alter Tradition einen Disneyfilm.«
»Verstehe, und wer wäscht heute ab?«
»George und ich sind dran. Tyler und du dürft euch zurücklehnen.«
George guckte nicht begeistert, trottete aber brav hinter Jason in die Küche.
»Ich mag euer Prinzip und eure Abendgestaltung.«
»Oh ja, ich auch, vor allem, wenn man nicht abwaschen muss, aber ich bin immer noch enttäuscht, dass du es in Erwägung gezogen hast, meinen Nachtisch nicht zu probieren. Wenigstens eine kleine Kostprobe! Das wäre das Mindeste!«
»Bist du eine männliche Zicke?«
»Nein, warum?«
»Weil du dich furchtbar anstellst.«
»Es beleidigt mein Kochtalent. Stell du dich erst mal stundenlang in die Küche und bekomme dann eine eiskalte Abfuhr.«
»Ich werde es ja essen, aber als Strafe mache ich das nächste Mal den Nachtisch.«

»Wer weiß, ob du das nächste Mal dabei bist?«
»Was soll das denn heißen? Stört dich meine Gesellschaft?«
»Ja, zutiefst. Ich fühle mich in deiner Gegenwart furchtbar unwohl.«
»Das Gleiche kann ich nur zurückgeben, besonders weil du mich nötigst zu essen, aber ich werde dich nicht weiter belästigen.«
Josephine machte auf beleidigt, und Tyler wurde unsicher: »Ich hoffe, dir ist klar, dass ich das als Scherz meinte. Das ist meine Art, ich hoffe, ich bin dir nicht zu nahe getreten.«
Josephine versuchte ernst zu bleiben, aber sie musste lachen: »Tut mir Leid, aber deine Entschuldigung war wirklich niedlich! Ich habe den Scherz aber verstanden.«
»Lach nicht, ich bin schon oft genug damit auf die Schnauze gefallen. Es reagiert nicht jeder so locker wie du!«
Jason kam zurück und freute sich: »Endlich sehe ich dich mal wieder lachen. Wurde auch langsam Zeit!« Er gab Josephine noch einen Kuss auf die Stirn und räumte die restlichen Sachen vom Tisch.
»Was meinte er damit, oder ist das zu indiskret?«
»Ist schon okay, aber die letzten Tage inklusive heute Morgen habe ich mich eher von meiner weinerlichen Seite gezeigt, und Jason hatte allerhand mit mir zu tun.«
»Verstehe! Man darf sich nicht unterkriegen lassen, egal was ist!«
»Ich gebe mein Bestes.«
Josephine war erstaunt, dass Tyler nicht weiter nachfragte. Ein Kerl mit Taktgefühl, das wäre doch zu viel verlangt!
Danach setzten sich alle rund um den Fernseher und machten es sich bequem fürs Video. Sie guckten »Die Schöne und das Biest«, einen von Josephines Lieblingsfilmen. Sie kuschelte sich an Jason, der in weiser Vorausschau Taschentücher zurecht gelegt hatte. Ganz nebenbei aßen alle auch brav ihr Dessert, was wirklich lecker schmeckte, und George nahm es zum An-

lass, den Film zu vernachlässigen und sich ausschließlich dem Tiramisu zu widmen.

Natürlich fing Josephine bei diesem Film an zu weinen, und als der Film vorbei war, musste George natürlich nachfragen, warum Frauen bei so etwas anfangen, sentimental zu werden. »Der Film ist nicht einer meiner Lieblingsfilme, aber warum fängt man an zu weinen? Erkläre es mir bitte, ich verstehe das nicht.«

»Es geht schlicht und einfach um Liebe: Sie liebt ihn, ohne auf sein Aussehen oder sonstige negative Eigenschaften zu achten, und das ist selten und einfach romantisch.«

»Das sehe ich ja ein, aber es hat doch nichts mit der Realität zu tun. Heutzutage wird so viel Wert auf die äußere Erscheinung gelegt. Das würde nicht funktionieren.«

»Dem stimme ich zu, und es ist ja auch nur ein Märchen, aber eigentlich sollte es so sein, und ich glaube auch, dass man so handeln würde, wenn man die Liebe seines Lebens gefunden hat.«

»Es gibt aber nicht die Liebe des Lebens. Es gibt auch keine Liebe auf den ersten Blick. Es ist doch alles sehr schnelllebig, und selbst die Liebe ist zu einem Kompromiss geworden.«

Jason merkte, dass die Diskussion kritisch werden könnte, und unterbrach George: »Ich glaube, es ist nicht der richtige Zeitpunkt, um über solche Themen zu diskutieren, und nur weil du enttäuscht worden bist, George, darfst du es nicht auf die Allgemeinheit beziehen. Wenn ich nicht an die große Liebe glauben würde, wäre ich nicht mit Nancy zusammen und würde nicht auf sie warten.«

Zum Glück war die Diskussion nun vorbei, aber es ging Josephine sehr nahe, und sie kämpfte mit den Tränen, was natürlich alle merkten.

Tyler lenkte ein: »So, George, es wird jetzt Zeit zu gehen. Wir müssen morgen wieder fit sein.«

Sie verabschiedeten sich kurz, und Jason brachte sie zur Tür. »Nehmt es nicht persönlich, aber erst gestern hat sich ihr

Freund von ihr getrennt, und sie war davon überzeugt, dass er die Liebe ihres Lebens ist.«
George schluckte: »Das wusste ich nicht.«
»Konntest du auch nicht. Ich muntere sie schon wieder auf. Auf jeden Fall war der Abend gelungen, und er hat Josephine perfekt abgelenkt.«
Die Jungs machten sich auf den Heimweg, und Jason ging zu Josephine.
»Es tut mir Leid, wenn ich euch den Abend versaut habe.«
»Das hast du nicht! Es ist doch verständlich, dass du in deiner Situation empfindlich auf so ein Thema reagierst. Du hast dich heute wacker geschlagen. Du darfst keine Wunder von dir selbst erwarten. Es dauert bestimmt noch Wochen, bis du wieder souverän mit solchen Dingen umgehen kannst. Die Jungs verstehen das, genauso wie ich auch.«
»Danke, beim nächsten Mal reiße ich mich noch einen Tuck mehr zusammen.«
»Das musst du nicht.«
»Du darfst nicht zu verständnisvoll mit mir werden, hinterher gewöhne ich mich daran und lasse meinen Macken freien Lauf.«
»Was soll das denn heißen? Ich hatte immer Verständnis für dich.«
»Na, da habe ich aber ganz andere Erinnerungen. Du hast mich früher ganz schön oft fertiggemacht.«
»Das ist normal unter Geschwistern.«
Sie redeten ein bisschen über alte Zeiten, und dann gingen beide schlafen. Diese Nacht konnte Josephine schon etwas besser schlafen, obwohl sie Daniel nach wie vor vermisste.

Am nächsten Morgen fuhr Josephine frisch motiviert ins Büro, denn Arbeit ist doch die beste Ablenkung, und sie nahm sich einiges für den Tag vor. Fröhlich begrüßte sie alle, und ihre Assistentin wunderte sich über die gute Laune, machte aber alles wie gewohnt und sprach Josephine nicht darauf an.

Josephine versteckte sich hinter einem Stapel Notizen und verbrachte die meiste Zeit am Telefon. Sie telefonierte mit Feinkostläden, Floristen und mit ihren Auftraggebern, schließlich sollte die Feier ein Erfolg werden. Doch sie wurde in ihrem Eifer gebremst. Ihre Assistentin kam mit einem riesigen Blumenstrauß herein: »Hier, der ist für dich abgegeben worden.«
Josephine war sehr verwundert. Wer um alles in der Welt sollte ihr Blumen schicken? Ihre erste Hoffnung war Daniel. Es war ein geschmackvoller Strauß mit Sonnenblumen. Schnell schnappte sie sich die Karte, um zu lesen, wer ihr die schicken könnte. Als sie die Handschrift sah, wusste sie, es war nicht Daniel. Wer sollte sonst so etwas tun? George, weil er ein schlechtes Gewissen hatte? Auf der Vorderseite der Karte stand: »Ich bringe die Sonne in dein Leben!« Komischer Spruch, dachte Josephine, aber natürlich stand auch noch etwas Handgeschriebenes hinten drauf: »Ich würde mich freuen, dich wiederzusehen. Du gehst mir nicht mehr aus dem Kopf!«
Nein, George war es auch nicht. Es war Josh.
Josephine hatte in ihrem Eifer ganz vergessen, dass ihre Assistentin noch da war. »Gibt's sonst noch etwas?«
»Nun ja, der Mann, der die Blumen für dich abgegeben hat, ist auch noch da.«
»Hast du ihm gesagt, dass ich da bin?«
Sie nickte mit dem Kopf. Nun musste Josephine wohl oder übel mit ihm reden. »Mir bleibt wohl nichts anderes übrig. Schick ihn rein!«
Josh kam ins Zimmer: »Es tut mir Leid, dass ich dich einfach so überfallen habe, aber ich wusste nicht, wie ich es anstellen sollte.«
»Ist schon okay, und danke für die Blumen, die sind sehr schön.«
»Freut mich, dass sie dir gefallen. Hast ein echt schickes Büro!«
»Danke, aber du bist bestimmt nicht gekommen, um dir mein Büro anzugucken, oder?«

»Nein, eigentlich nicht. Ich wollte fragen, ob du mal wieder Lust hättest, was zu unternehmen. Ich meine nur, wenn dein Freund nichts dagegen hat. Rein unverbindlich eben.«
»Verstehe schon, aber ich habe keinen Freund mehr.«
»Das tut mir Leid. Warum?«
»Warum nur? Er fand es halt nicht so lustig, dass ich mit einem anderen Mann geschlafen habe.«
Josh wurde rot. »Verstehe schon.«
»Du kannst ja nichts dafür. Wir können auch gerne was unternehmen, aber gib mir noch ein bisschen Zeit! Ich habe im Moment noch so meine Probleme mit der Trennung. Es ist alles zu viel für mich, und es wird nicht besser dadurch, dass du mir Blumen schenkst.«
»Das kann ich verstehen. Melde dich einfach, wenn du Lust hast, wenn du reden willst oder einfach nur deine Mittagspause nicht alleine verbringen willst.«
»Mach ich, versprochen.«
Josh verabschiedete sich. Die Begegnung verwirrte Josephine schon ein bisschen, zumal sie Josh so etwas nie zugetraut hätte. Sie war immer der Meinung gewesen, dass sie für ihn zum Kapitel Spaß für einen Abend gehörte, doch Irren war ja bekanntlich menschlich.
Als Josephine nach der Arbeit in die Wohnung kam, war Jason auch sehr verwundert über die Blumen: »Das wäre doch nicht nötig gewesen!«
»Keine Sorge, die sind für mich und nicht für dich.«
»Wie kommst du denn zu der Ehre?«
»Die sind von Josh.«
»War das nicht der Typ, der das Fass zum Überlaufen brachte?«
»Sehr lustig. Genau der ist es, und frag mich mal, wie ich geguckt habe, als er in mein Büro kam.«
»Was wollte er denn?«
»Mich wiedersehen. Und wenn ich Lust habe, würde er sich freuen, wenn wir mal wieder etwas zusammen unternehmen.«
»Willst du denn was mit ihm unternehmen?«

»Er ist wirklich nett, und ich mag ihn, sonst hätte ich wohl auch nicht mit ihm geschlafen, aber momentan bin ich dazu noch nicht bereit.«
»Verständlich. Ich habe allerdings auch noch zwei Überraschungen für dich.«
»Ich hoffe, nur Gutes.«
»Diesen Brief soll ich dir von George geben.«
Josephine machte ihn sofort auf:
»*Einladung zum Essen*
Meine teuerste Prinzessin,
meine Hofdamen haben mich darauf hingewiesen, dass mein gestriges Benehmen Ihnen gegenüber nicht sehr adlig war, und dafür möchte ich mich bei Ihnen in aller Höflichkeit entschuldigen. Wenn Sie meine Entschuldigung annehmen, sehen wir uns am Samstag zu einem kleinen Ausflug mit Picknick.
Gezeichnet: Baron George.«
Josephine lachte: »Er ist wirklich kreativ. Was für ein Ausflug?«
»Das Wetter soll gut werden, und wir wollen schwimmen fahren.«
»Dann bin ich dabei. Was ist die zweite Überraschung? Brief von Tyler?«
»Nein, ich habe heute Mittag Daniel getroffen.«
»Du hast *was*?«
»Du darfst nicht sauer sein. Ihm ging es nicht gut, und da hat er mich angerufen. Natürlich wollte er wissen, was du machst, und ich soll dich von ihm grüßen.«
»Das ist ja nett. Ihm geht's nicht gut – ich glaub', ich spinne! Er hat mit mir Schluss gemacht, vielleicht hätte er sich das vorher überlegen sollen!«
»Sei nicht unfair. Er hat nicht aus Berechnung mit dir Schluss gemacht, und er leidet auch unter der Trennung.«
»Warum erzählst du mir das?«
»Damit du weißt, dass du nicht die Einzige bist, die leidet.«
»Was hat er sonst noch erzählt?«

»Er hat halt gefragt, was du jetzt planst, ob du irgendwelche Möbel und andere Sachen noch abholen willst und dass du dich dann bei ihm melden sollst. Ansonsten hat er ein bisschen von seiner Arbeit erzählt, mehr nicht.«
»Wie sah er aus?«
»Etwas mitgenommen, aber er schlägt sich wacker.«
»Meinst du, ich sollte ihn mal anrufen?«
»Wenn du willst.«
»Mir ist irgendwie danach.«
Josephine dachte nicht lange nach und rief an.
»Daniel hier, hallo!«
»Hi, ich bin's!« Josephine hörte das Schlucken am anderen Ende der Leitung. »Hi, mit dir hätte ich jetzt nicht gerechnet.«
»Ich weiß, es kommt ein bisschen spontan, aber Jason hatte mir erzählt, dass wir noch reden müssen wegen den gemeinsamen Sachen.«
»Ja, ich hab wohl so etwas erwähnt.«
»Ich habe ja noch keine eigene Wohnung, und wenn es okay für dich ist, würde ich erst einmal alles so lassen, wie es ist.«
»Kein Problem. Was ist mit deinen Klamotten?«
»Wenn es dir passt, würde ich die morgen abholen.«
»Ist mir recht. Ich habe morgen zwar auswärts Termine und kann dir nicht versprechen, ob ich da bin, aber du hast ja noch den Schlüssel.«
»Stimmt. Wann soll ich dir den geben?«
»Du kannst ihn ja in den Briefkasten werfen, falls ich nicht da sein sollte.«
»Okay, mache ich. Sonst alles okay bei dir?«
»Den Umständen entsprechend. Ich lenke mich mit Arbeit ab. Wie geht's dir so?«
»Nicht anders.«
»Wird schon irgendwann besser. Dann vielleicht bis morgen!«
Daniel legte auf, und Josephine war froh darüber, denn sie konnte ihre Tränen nicht länger unterdrücken. Da hat man fünf Jahre seines Lebens mit dieser Person verbracht, und dann

hat man sich nichts mehr zu sagen, und auch die Vorstellung, den Wohnungsschlüssel in den Briefkasten zu werfen, war nicht aufbauend. Jason ließ sie alleine, bis sie sich etwas beruhigt hatte.

Am nächsten Tag nach der Arbeit fuhr Josephine zur gemeinsamen Wohnung. Sie hoffte, Daniel anzutreffen. Vorsichtig klingelte sie erst, denn sie fand das angemessener. Es öffnete niemand, und Josephine machte sich selbstständig. Es sah alles noch aus wie immer, und die Wohnung war geputzt. Was sollte sich auch groß verändert haben, schließlich war sie noch gar nicht lange weg.
Langsam ging sie ins Schlafzimmer, um ihre Sachen zusammenzupacken. Daniels Geruch lag in der Luft. Es war sein typischer Duft. Josephine setzte sich aufs Bett und roch an Daniels Kissen. Sie blieb eine ganze Weile auf dem Bett liegen. Ihre Seite war vollkommen unberührt. Der Gedanke, dass da mal eine andere Frau liegen würde, machte sie wahnsinnig.
Josephine riss sich zusammen, nahm eine Tasche und packte ihre Klamotten zusammen. Es fiel ihr schwer. Sie hoffte die ganze Zeit, dass Daniel nach Hause kommen würde, aber vergebens. Sie packte extra langsam zusammen. Einmal kämpfte sie mit den Tränen, denn sie hatte immer ein T-Shirt von Daniel zum Schlafen getragen, was noch in ihrem Schrank lag. Sollte sie es mitnehmen oder liegen lassen? Sie fing an zu weinen. Es wurde ihr bewusst, wie wenig sie diese Trennung wollte und wie weh es tat. Sie packte das T-Shirt in ihre Tasche. Daniel wäre damit einverstanden.
Nachdem das Schlafzimmer geräumt war, guckte sie im Bad nach und fand noch ein paar Schminksachen. Daniel hatte wie immer seine Zahnbürste nach dem Aufstehen liegen lassen und nicht zurück in den Zahnputzbecher gestellt. Es hat sie wahnsinnig gemacht, wenn sie morgens ins Bad kam und es so vorfand. Sie hat immer alles an Ort und Stelle geräumt, und so tat

sie es auch diesmal. Es war alles noch so vertraut, und es fehlte ihr, egal wie sehr es sie mal genervt hatte.
Danach stöberte sie noch in der Küche und setzte sich auf die Treppe. Es war schon 21.30 Uhr, und Daniel müsste eigentlich bald kommen. Es dauerte auch nicht mehr lange, und er kam. Er war überrascht, Josephine noch anzutreffen.
»Ich dachte, du wärst schon weg. Ist ja auch schon ganz schön spät.«
»Hoffe, es ist kein Problem für dich, aber ich wollte dir den Schlüssel doch lieber selber geben, als ihn einfach einzuwerfen.«
»Finde ich auch besser. Hast du alles gefunden?«
»Ja, es war auch nicht mehr so viel. Ich hatte noch ein T-Shirt von dir, aber ich habe es mitgenommen.«
»Ist gut, ich habe auch noch deinen Teddy, aber mir wäre es auch ganz recht, wenn ich den behalten dürfte.«
»Ausgleichende Gerechtigkeit.«
Sie versuchten sich ein Lachen abzuringen, aber die Situation war zu schwierig für beide.
»Wenn du was brauchst, ruf einfach an.«
»Das dauert bestimmt noch ein bisschen. Ich muss erst noch mit der Situation zurechtkommen.«
»Ich auch. Ist wirklich komisch, hier alleine zu wohnen. So viele Erinnerungen und so.«
»Ginge mir nicht anders.« Als Josephine merkte, dass die Tränen in ihr aufstiegen, machte sie sich an den Aufbruch. »Es wird Zeit für mich zu gehen.« Sie stand auf und gab Daniel den Schlüssel.
»Willst du mit der riesigen Tasche in die U-Bahn?«
»Was bleibt mir anderes übrig?«
»Wenn du willst, fahre ich dich kurz. Der Wagen ist eh noch nicht in der Garage.«
»Ich möchte dir keine Umstände bereiten.«
»Und ich mag es nicht, wenn du nachts alleine unterwegs bist.«
»Na dann ...«

Daniel nahm ihr die Tasche ab, und sie gingen zum Auto. Die Fahrt war nicht allzu lang, aber es kam beiden wie Stunden vor. Sie versuchten Oberflächlichkeiten auszutauschen, aber es funktionierte nicht wirklich.
Dann waren sie endlich da. Daniel stieg noch mit aus und gab Josephine ihre Tasche.
»Noch mal danke fürs Fahren.«
»Kein Problem.«
Sie guckten sich an, und keiner wusste, was er sagen sollte, doch dann platzte es aus Josephine raus: »Du fehlst mir!«
»Du fehlst mir auch.«
»Warum machen wir dann so etwas?«
»Weil es das Beste ist.«
»Glaubst du wirklich daran?«
»Ja. Es ist besser so als anders.«
»Aber es tut so weh.«
»Mir doch auch nicht weniger als dir, aber wir müssen da jetzt durch.«
»Ich will da aber nicht durch!«
Daniel gab sich einen Ruck und nahm Josephine in den Arm. Beide fingen an zu weinen.
»Es fällt mir selbst nicht leicht, und ich hasse mich für den Schritt im Moment auch am meisten, aber irgendetwas sagt mir, dass es das Beste ist.«
»Daniel, aber...«
»Nein, lass uns nicht darüber diskutieren.«
»Vielleicht ist es besser, wenn wir uns eine Zeit lang nicht sehen, bis wir halbwegs darüber hinweg sind.«
»Wahrscheinlich hast du Recht. Wenn du mich mal brauchst oder so, ruf einfach an.«
»Dasselbe gilt natürlich auch für dich.«
»Auch wenn es endgültig klingt, ich wünsche dir alles Glück dieser Erde.«
Josephine heulte noch stärker. »Danke, ich dir auch.«

Sie nahmen sich ein letztes Mal in den Arm, und dann fuhr Daniel. Es klang nicht nur endgültig, das war es auch, und es wurde beiden in diesem Moment bewusst.
Als Josephine in die Wohnung kam, wollte Jason ihr helfen, aber Josephine bat ihn, sie alleine zu lassen. Sie setzte sich auf den Balkon und heulte und heulte.
Daniel hatte sich, nachdem er wieder zu Hause war, aufs Bett gelegt, und auch er ließ seinen Tränen freien Lauf. Er hatte Josephines Teddy im Arm. Es war vorbei.

Das Wochenende versprach nicht sehr erholsam zu werden, denn Jason, George und Tyler hatten Josephine verplant. Auf der einen Seite war sie sehr froh, Abwechslung zu bekommen, aber andererseits ging die Woche an ihre Substanz. Arbeit war zwar eine willkommene Ablenkung, aber stressig, und auch die Begegnung mit Daniel hatte sie noch nicht richtig verdaut. Sie gewöhnte sich nur sehr schwer an den Gedanken, dass sie nun alleine war. Natürlich waren viele liebe Menschen um sie herum, die ihr sehr halfen, aber Daniel fehlte.
Doch sie hatte keine andere Wahl, und so stand sie Samstag Morgen zusammen mit Jason in der Küche und bereitete einen Picknickkorb vor. Die vier hatten beschlossen, das traumhafte Sommerwetter zu nutzen und schwimmen zu fahren. Georges Auto war voll beladen. Sie hatten an alles gedacht: Decken, Volleyball, Wasserball, Federballschläger und natürlich auch Essen.
Die Fahrt ging schon recht früh los, denn sie konnten sich nicht auf ein Ziel einigen und fuhren einfach mal los. Jason blätterte in der Straßenkarte und dirigierte George, wohin er fahren sollte. Tyler und Josephine hatten es sich auf den hinteren Plätzen bequem gemacht und holten ihr Schlafdefizit nach.
Nach fast zwei Stunden waren sie endlich an einem Badesee. Jason nutzte die Gelegenheit und schoss ein paar Fotos von den beiden Schlafenden und weckte sie damit praktischerweise auch gleich: »Aufstehen, ihr beiden, wir sind da!«

Schlaftrunken stiegen sie aus, doch schon bald waren sie hellwach. Sie schleppten die Sachen zu einem schönen Plätzchen am Ufer und machten es sich gemütlich. George konnte nichts mehr halten, und er sprang in die Fluten. Tyler und Jason ließen auch nicht lange auf sich warten, nur Josephine war noch nicht ganz überzeugt. Sie wollte lieber noch etwas warten. Zögerlich legte sie sich mit ihrem Bikini aufs Handtuch. Sie präsentierte sich auch nicht gerne mit so wenig Stoff vor anderen Leuten. Sie hatte zwar eine Topfigur, nur leider nicht das passende Selbstbewusstsein, und brauchte deswegen etwas Zeit, bis sie sich einigermaßen wohl fühlte.

Die Jungs planschten wie kleine Kinder im Wasser und lieferten sich wilde Wasserschlachten. Tyler gab als Erster auf und stürmte zu seinem Handtuch: »Das Wasser ist prima, du solltest es auch mal ausprobieren.«

»Mach ich auch noch, aber ich bin noch etwas müde.«

»Wie wäre es mit einem Schluck Kaffee?«

»Ich sag nicht nein, wenn du welchen hast.«

Er schenkte ein und gab ihr den Becher. Josephine richtete sich zum Trinken auf. Weil es ihr unangenehm war, zog sie sich noch schnell ein T-Shirt über.

»Ist dir kalt?«

»Nein, wieso?«

»Wegen des T-Shirts!«

»Ach, das ist nur, weil ich mich im Bikini nie so wohl fühle.«

»Ich weiß gar nicht, was du hast, du hast doch die perfekte Figur dafür. Ich finde, es sieht klasse aus.«

»Danke.«

»Wenn du so viel Tiramisu wie George gegessen hättest, dann hättest du vielleicht ein Problem.«

Josephine grinste: »Er müsste halt etwas mehr Sport machen, aber irgendwie passt der kleine Bauch zu George, und er ist süß, so wie er ist.«

»Das stimmt allerdings. Machst du Sport?«

»Wenn ich Zeit dazu habe, gehe ich schwimmen oder joggen, auf jeden Fall versuche ich zumindest jeden Tag ca. 30 Minuten Stretchübungen zu machen. Ich brauche das allein schon zum Ausgleich, weil ich im Büro viel sitzen muss. Wie sieht es bei dir aus?«
»Ich spiele fast jeden Abend mit ein paar Jungs aus meiner Nachbarschaft Basketball, und im Winter fahre ich Ski, aber extrem sportlich bin ich nicht, und mich alleine zum Sport aufzuraffen, kann ich auch nicht.«
Die beiden anderen kamen aus dem Wasser, und nachdem sie sich abgetrocknet hatten, wurde das Frühstück nachgeholt. Es gab Obst, Sandwiches und Kuchen. Danach sonnten sie sich noch ein bisschen, bis es zum Volleyballspielen ging. Es gab ein kleines Netz in der Nähe, und die vier besetzten das Feld.
»Wie machen wir die Mannschaften?«
George stellte sich neben Josephine: »Ich spiele mit der Prinzessin.«
Josephine grinste: »Du hast so eben deine Niederlage besiegelt. Ich bin nicht gut.«
»Erzähl nicht so etwas! Zusammen machen wir die zwei schon platt.«
Das Spiel ging los, und Josephine hatte nicht zu viel versprochen, denn Jason und Tyler schlugen sie und George bei allen Bemühungen sehr deutlich.
Nach dieser Niederlage war erst einmal eine Abkühlung fällig, und Josephine und George rannten ins Wasser. Natürlich war an gemütliches Schwimmen nicht zu denken, denn George ärgerte Josephine die ganze Zeit, döppte sie, spritzte mit Wasser und entfachte somit eine Wasserschlacht. Josephines Laune wurde immer besser. Am Ende siegte George, hob Josephine hoch und brachte sie gegen ihren Willen zu den Handtüchern.
»So, Prinzessin, sieh es ein, du hast keine Chance gegen mich.«
»Warte ab, ich bekomme auch noch meine Chance!« Sie lachten.

»Als Erstes bekommst du die Chance, mir den Rücken einzucremen!«
»Na toll, davon träume ich nachts. Super!«
Es wurde weitergealbert, nur Tyler war auf seinem Handtuch eingeschlafen. Die anderen überlegten sich einen fiesen Plan, um ihn zu wecken, und sie hatten auch schon eine Idee. Jason lieh sich von einem kleinen Kind einen Eimer aus, füllte ihn mit Wasser, und das Ende vom Lied war klar, er schüttete das Wasser über Tyler. Der eilte hinter Jason her und schubste ihn ins Wasser, doch bevor Jason sich erneut rächen konnte, wollte er dem Kind den Eimer zurückgeben.
Tyler planschte vergnügt im Wasser. George und Josephine nahmen den Wasserball und gingen gemütlich hinterher. Beim Wasserballspielen machten George und Josephine keine so schlechte Figur, verloren aber trotzdem und mussten zur Strafe mittags grillen. Eigentlich war das Jasons und Tylers Aufgabe, aber die lagen nun faul in der Sonne.
»Lass die sich nur erholen, sie werden ihre Kräfte noch brauchen.«
»Wieso, meinst du, wir sind selbst beim Grillen so schlecht, dass sie alle Kraft brauchen, um das Fleisch zu kauen?«
»Na das will ich nicht hoffen.«
Es war heiß in der Sonne, und am Grill war es noch heißer. George setzte sich in den Schatten, weil sein Kreislauf etwas schlapp machte. Josephine brachte ihm Wasser und übernahm das Grillen alleine, und sie hasste es. Dieser Rauch und das ständige Wenden war doch eigentlich Männersache. Jason verließ sein Handtuch und suchte sich ein ruhigeres Plätzchen, denn Nancy rief ihn gerade auf seinem Handy an, und das konnte dauern.
Josephine fing an, die ersten Würstchen zu verteilen, und nachdem George was gegessen hatte, ging es ihm schon etwas besser. Tyler leistete Josephine Gesellschaft: »Willst du nichts essen? Dann kann ich dich kurz ablösen!«
»Das wäre sehr nett.«

Josephine schnappte sich etwas Salat und ein Würstchen und setzte sich hin. »Bist du eigentlich immer so nett?«
Tyler grinste. »Nein, aber Jason meinte, wir sollen nett zu dir sein.«
»Nicht im Ernst, oder?«
»Nein. Ich glaube, so etwas würde er nie machen.«
»Wie habt ihr euch eigentlich kennen gelernt?«
»Wir mussten zusammen an einem Auftrag arbeiten und haben diesen total in den Sand gesetzt. Das verbindet!«
»Wie? Ihr habt so richtig versagt?«
»Ganz genau!«
»Das traue ich meinem Bruder ja gar nicht zu!«
»Ich habe auch meinen Teil dazu beigetragen. Wir haben mit Aktien spekuliert, sind voll auf Risiko gegangen, und so nahm das Schicksal seinen Lauf. Einbruch! Alles verloren. War echt filmreif.«
»Jason ist doch nicht risikofreudig.«
»Oh doch! Ich finde wirklich, dass er was riskiert. Im Job auf jeden Fall, im Privaten kann ich es nicht so beurteilen. Auf jeden Fall kann man super viel Spaß mit ihm haben, und er ist da, wenn man ihn braucht.«
»Das stimmt. Ich wüsste wirklich nicht, was ich im Moment ohne ihn machen sollte.«
»Willst du länger bei ihm wohnen?«
»Ich konnte mich noch nicht aufraffen, nach einer Wohnung zu schauen.«
»Wenn du was suchst, sag Bescheid. Ein Kumpel von mir arbeitet als Makler und hat super Connections. Das ist sicherlich hilfreich.«
»Das wäre echt genial, aber ich möchte nicht auch noch dich mit meinen Problemen belästigen.«
»Tust du ja nicht, denn ich leite ja gleich weiter.«
»Scherzkeks! Nein, mal im Ernst, wenn es euch stört, wenn ich mit bin und ihr nicht eure Männerrunde habt, dann müsst ihr

mir das sagen. Ihr seid nicht verpflichtet, mich mitzunehmen, nur weil ich Jasons Schwester bin.«
»Du bist auch wirklich furchtbar.«
»Bitte, es ist mir wichtig.«
»Du machst dir zu viele Gedanken, und du müsstest doch eigentlich gemerkt haben, dass wir dich mögen, vor allem George. Wo ist der eigentlich?«
»Er liegt da hinten im Schatten. Sein Kreislauf macht ihm etwas zu schaffen.«
»Er hält Siesta!«
»Wo ist Jason?«
»Er telefoniert mit Nancy. Das ist wirklich wahre Liebe zwischen den beiden.«
»Oh ja, aber sie sind auch ein echtes Traumpaar.«
»Das stimmt. Man könnte glatt neidisch werden.«
»Ich bleibe jetzt lieber ein bisschen alleine. Beziehungen können ganz schön stressig sein.«
»Aber es hat auch was Schönes.«
»Das stimmt. Hast du eine Freundin?«
»Nein. Meine letzte Beziehung liegt auch schon ein halbes Jahr zurück, aber danach wollte ich erst einmal ein bisschen alleine sein.«
»Geht mir ja im Moment so. Hat George eine Freundin? Ich weiß, es geht mich nichts an, aber ich bin so neugierig.«
»Typisch Frau, ihr seid doch alle gleich.«
»Hat da etwa jemand Vorurteile?«
»Nein, ich doch nicht. Auf jeden Fall hat George keine Freundin. Interesse?«
»Sehr lustig. Was habe ich eben gesagt?«
»Schon gut. Es war ja nur ein Versuch. Zumindest wäre er nicht abgeneigt.«
»Hat er das gesagt?«
»Er hat eigentlich nur von dir gesprochen. Er mag dich eben – aber du weißt nichts von mir.«
»Nein, ich werde nichts verraten.«

»Du musst halt nur etwas vorsichtig sein, denn er macht sich Hoffnungen.«
»Nein, bitte nicht. Er ist wirklich lieb, aber es könnte mein Traummann vor mir stehen, und ich würde nein sagen. Kannst du ihm das unterschwellig beibringen?«
»Ich werde es versuchen, aber versprechen kann ich nichts. Du musst jetzt aber nicht denken, dass er alles, was er tut, aus purer Berechnung tut, und versuchen möchte, dich anzumachen. So ein Typ ist er nicht.«
»Keine Sorge, ich werde mich verhalten wie immer, nur den Körperkontakt etwas vermeiden. Aber ich knuddle halt gerne, und George ist ein Knuddeltyp.«
Jason kam mit einem breiten Grinsen von seinem Telefonat zurück und schnappte sich etwas zu essen. »Ich soll euch schön grüßen.«
»Wie geht's Nancy?«
»Sehr gut, ich glaube, sie möchte da nie wieder weg. Wir müssen gleich noch eine Runde Volleyball spielen. Revanche für euch!«
Josephine guckte zu George: »Hallo, George und ich zusammen sind ja schon schlecht, aber wenn George auch noch müde ist oder es ihm nicht so gut geht, brauchen wir gar nicht anzutreten.«
»Wir können ja die Mannschaften ändern. Dann spiele ich mit George und du mit Tyler.«
Nach dem Essen traten die Mannschaften zu einem Verdauungsspielchen an, und dieses Mal war das Spiel ausgeglichen und richtig spannend. Der Sieger wurde in drei Sätzen ermittelt, und es waren Tyler und Josephine. Die Niederlage nagte zwar an Jason, aber er blieb gelassen.
Alle hatten sich eine Abkühlung verdient und tollten durchs Wasser, bis die Haut anfing schrumpelig zu werden. Danach wurde wieder gesonnt, und so ging es bis in den späten Abend. Sie waren noch bis fast 23 Uhr am See, doch dann wurde es langsam zu kalt. Josephine schnappte sich Jasons Pulli und ku-

schelte sich in eine Decke. Gerade als sie es sich richtig gemütlich gemacht hatte, wollten die Jungs aufbrechen, und sie musste sich der Mehrheit fügen. Sie verstauten die Sachen im Wagen und fuhren Richtung New York.
Josephine liebte es, nachts Auto zu fahren. »Es hat was von Urlaub.«
Tyler, der neben Josephine hinten im Wagen saß, guckte sie fragend an: »Was?«
»Wenn man nachts mit dem Auto fährt.«
»Wie kommst du auf Urlaub?«
»Als Kind sind wir immer schon ganz früh morgens gegen 4 Uhr oder noch eher in den Urlaub gefahren. Ich fand das immer furchtbar spannend. Die ganzen Lichter, der wenige Verkehr, das war das erste Gefühl, was ich hatte, wenn wir in den Urlaub gefahren sind.«
»Verstehe. Es versprüht schon ein gewisses Flair, aber Urlaub? Ich weiß nicht so recht.«
Josephine guckte weiter aus dem Fenster. Sie war zum ersten Mal wieder ein bisschen glücklich. Als sie dann zu Hause waren, fiel sie müde auf ihr Sofa und schlief ein.

Am Sonntag gammelten Josephine und Jason nur so herum und bereiteten sich auf die neue Arbeitswoche vor. Josephine hatte montags eine Verabredung mit ihrem Auftraggeber. Sie schauten sich verschiedene Räumlichkeiten, wo der Geburtstag stattfinden könnte, an und besprachen die Dekoration. Die Feier konnte sehr stressig werden, aber es macht ja Spaß und wurde gar nicht so schlimm wie befürchtet.
Den Rest der Woche verbrachte Josephine im Büro und organisierte allerhand. Das Einzige, worum sie sich immer noch drücken konnte, war die Wohnungssuche. Es war noch zu früh für sie, den Schritt zu wagen. Sie versuchte sich mit kleinen Schritten an die neue Situation zu gewöhnen.

Am Freitagabend hatte sie sich mit Josh verabredet. Während Josephine im Bad stand und sich aufbrezelte, trafen Tyler und George zum Videoabend bei Jason ein.
»Kann ich so gehen?«
»Du siehst super aus. Wen willst du denn verführen?«, fragte George neugierig.
»Meine Schwester trifft sich mit ihrem heimlichen Verehrer.«
»Ihr seid ja so lustig! Ich treffe mich mit einem guten Freund.«
»So gut, dass die beiden schon miteinander im Bett waren.«
»Jason, das ist nicht ... Vergiss es einfach, ich muss los.«
Josephine machte sich auf den Weg. Sie ging mit Josh erst in eine Bar, und danach wollten sie in eine Disco.
»Du siehst bezaubernd aus, wie immer.«
»Danke, das Gleiche gilt für dich.«
Josh machte auf Gentleman, hielt Josephine die Tür auf, schob ihr den Stuhl heran und war supersüß. Zum ersten Mal hatte Josephine das Gefühl, dass sie sich in ihn verlieben könnte. Sie saßen in der Bar, unterhielten sich und tranken leckere Cocktails.
»Wie geht's dir jetzt?«
»Momentan kann ich nicht klagen, und ansonsten komme ich immer besser mit der Situation zurecht.«
»Das freut mich. Ich hatte schon Schuldgefühle, weil ich mich für dein Schicksal verantwortlich gefühlt habe.«
»Das ist zwar sehr nett, aber ich bin für meine Eskapaden selbst verantwortlich, und es ist halt so gekommen, wie es kommen musste.«
»Hast du schon eine eigene Wohnung?«
»Nein, ich wohne zur Zeit bei meinem Bruder. Ich hab Angst davor, alleine zu wohnen. Das bin ich nicht gewöhnt. Ich würde zwar den Haushalt und alles gut regeln können, aber ich brauche Leute um mich herum oder zumindest die Gewissheit, dass immer jemand für mich da ist.«
»Wenn du Hilfe beim Umzug brauchst oder wenn du dich alleine fühlst, darfst du mich jederzeit gerne anrufen!«

Josephine lächelte. Josh hatte heute so viel Charme und Ausstrahlung, es war unglaublich, und Josephine war froh, dass sie sich getroffen hatten.
Nach der Bar schlenderten sie zu Fuß zum nächsten Club. Es war ziemlich voll, aber solange man tanzen konnte, war alles okay. Sie amüsierten sich köstlich – bis zu einem für Josephine nicht sehr erfreulichen Augenblick: Eine fremde Frau kam auf Josh zu und küsste ihn ganz ungeniert. Josephine konnte es nicht fassen. Was für eine Schlampe! Was dachte die denn, wer sie ist? Bodenlose Frechheit! Doch Josh machte mit. Nachdem die beiden sich dann genug gegenseitig mit Körperflüssigkeiten versorgt hatten, wandte Josh sich an Josephine: »Darf ich vorstellen? Das ist Natalie, meine Freundin!«
Josephine blieb alles im Halse stecken. Sie versuchte zu lächeln, aber es wirkte mehr als nur verkrampft. »Freut mich, dich kennen zu lernen. Ich bin Josephine.«
Josh merkte, dass er Josephine mit der Situation überfordert hatte. Als sie Richtung Toilette stürmte, ging er hinterher.
»Alles okay mit dir?«
»Klar, was sollte sein?«
»Bist du jetzt sauer?«
»Nein, kein Stück. Aber hast du schon mal etwas von Vorwarnung gehört?«
»Du hast nicht danach gefragt, und ich wusste nicht, wie ich es dir sagen sollte. Ich dachte, es wäre okay für dich.«
»Es ist ja auch okay für mich, oder vielleicht nicht? Geh einfach wieder zu ihr, ich möchte lieber nach Hause.«
Josephine ließ Josh stehen und ging. Sie machte sich auf den Weg zur U-Bahn und zurück zu Jasons Wohnung. Was für eine Pleite! Da amüsiert man sich und hat zum ersten Mal das Gefühl, wieder glücklich werden zu können, und dann bekommt man die neue Freundin präsentiert. Ohne irgendeine Andeutung!
Josephine stürmte in die Wohnung, sie war so sauer – und auch etwas traurig.

»Bist du schon zurück? Ich dachte, ihr wolltet noch abtanzen gehen.«
»Waren wir auch, doch dann hat mir der Herr seine neue Freundin vorgestellt, und weißt du, wie? Er hat nichts gesagt, dann kam so eine billige Schlampe daher und fängt an ihn abzuknutschen. Ich dachte noch: ›Wie dreist, was ist das denn für eine‹, und nachdem sie dann endlich fertig waren, dreht er sich zu mir und sagt: ›Darf ich vorstellen, meine Freundin!‹ Weißt du, wie doof ich mir vorgekommen bin? Das war wirklich das Allerletzte!«
»War wirklich nicht sehr diplomatisch. Wollte der Kerl sich an dir rächen?«
»Ich weiß es nicht. Ich brauche jetzt ein Bier.«
»Drinnen bei den Jungs ist noch genug.«
Josephine zog sich ihren Jogginganzug an, nahm sich ein Bier und setzte sich auf den Balkon. Die Jungs hatten alles mitbekommen und wagten nicht, sie anzusprechen. Sie brauchte jetzt etwas Zeit, um alleine zu sein.
Nachdem Josephine eine Stunde alleine auf dem Balkon gesessen hatte, wagte Jason einen kleinen Vorstoß: »Darf ich dich ansprechen oder soll ich lieber gehen?«
»Lass mich einfach nur in Ruhe!«, sagte Josephine in scharfem Ton.
»Fräulein, ich habe dir nichts getan!«
»Es tut mir Leid, aber ich bin so sauer!«
»Der Kerl ist ein Idiot.«
»Das weiß ich mittlerweile auch. Er war noch extra nett zu mir, als hätte er mir absichtlich weh tun wollen. Und ich überlege auch noch tatsächlich, ob ich mir eine Beziehung zu ihm vorstellen könnte!«
»Der Kerl hat dich nicht verdient, und außerdem wäre es für eine neue Beziehung zu früh.«
»Wahrscheinlich hast du wie immer Recht. Warum sind nicht alle Männer wie du? Sind Tyler und George schon weg?«

»Nein, wir wollten uns gleich einen Horrorfilm angucken. Garantiert keine Liebesschwüre, keine Romantik und absolut liebeskummertauglich. Guckst du mit?«
»Ist der Film sehr schrecklich?«
»Können wir dir leider nicht sagen, wir haben ihn auch noch nicht gesehen. Ach ja, die beiden übernachten heute hier. Ich hoffe, es ist kein Problem für dich. Ich hatte nämlich damit gerechnet, dass du auswärts schläfst.«
»Bitte lass die bescheuerten Scherze! Es ist okay, dass die beiden hier übernachten. Ich gucke den Film mit, aber wenn ich Angst habe, schreie ich.«
Jason und Josephine kamen ins Wohnzimmer. George hatte sich mit einer Decke auf den Boden gekuschelt, Jason nahm in seinem Chefsessel Platz, und Josephine setzte sich zu Tyler aufs Sofa. Er reichte ihr Schokolade: »Soll angeblich glücklich machen.«
Josephine nahm ein Stück, und dann ging der Film los. Er war schlimmer, als sie befürchtet hatte, und die Hälfte der Zeit hielt sie sich die Hände vors Gesicht. Die Jungs waren natürlich lässig und fanden es nicht schlimm. Josephine war sehr froh, als der Film vorbei war.
»Wenn ich heute Nacht alleine wäre, würde ich durchdrehen.«
George bot sich gleich an: »Wir übernachten heute ja hier, und ich passe auf dich auf, Prinzesschen. Versprochen!«
»Das beruhigt mich ungemein.«
Josephine guckte zu Tyler, der komisch grinste.
Jason machte sich an die Aufteilung: »Also, wer schläft wo? Einer kann noch mit bei mir im Zimmer schlafen und einer hier bei Josephine.«
George freute sich: »Dann ist die Aufteilung ja klar. Ich schlafe hier bei der Prinzessin.«
Josephine wusste nicht, womit sie heute noch gestraft werden sollte, aber tat so, als würde sie sich freuen: »Das wird bestimmt lustig.«

Jason und Tyler fingen an, die leeren Flaschen und Chipsreste wegzuräumen, während George sich seinen Schlafplatz zurechtmachte. Jason guckte noch nach Kissen und Decken für die Gäste. Josephine nutzte die Gelegenheit und half Tyler in der Küche.
»Kannst du nicht etwas machen?«
»Was soll ich denn machen?«
»Bring George von seiner Idee ab.«
»Wie denn?«
»Das weiß ich auch nicht.«
»Du musst keine Angst haben, er wird dich in Ruhe schlafen lassen.«
»Es ist mir aber unangenehm.«
»Dann sag ihm das!«
»Das kann ich nicht.«
»Warum nicht?«
»Das klingt, als würde ich ihn nicht mögen, und ich möchte ihn nicht verletzen.«
»Ich kann dir da auch nur schwer weiterhelfen.«
Da kam George in die Küche: »So, ich habe alles hergerichtet. Das wird eine schöne Nacht.«
Josephine ging kurz, um Jason zu helfen.
»Du wirst aber deine Finger bei dir behalten, oder?«
George guckte Tyler skeptisch an: »Wie meinst du das? Glaubst du, ich würde ... Nein, Tyler, du kennst mich doch!«
»Ich nehme alles wieder zurück. Sorry.«
»Meinst du, Josephine denkt das?«
»Denkt was?«
»Na, dass ich über sie herfalle, wenn sie schläft.«
»Da solltest du sie selbst fragen. Ich kann mir das nicht vorstellen. Ihr wird aber nicht entgangen sein, dass du Interesse an ihr hast.«
»Ja, wie ich an jedem Mädchen Interesse habe. Das heißt bei mir doch nichts.«
»George, ich mische mich da nicht ein. Kläre das mit ihr.«

»Ach, das wäre doch vollkommen lächerlich. Nein, wir machen das anders. Ich schlafe bei Jason und du bei Josephine.«
»Ich wollte doch nicht mit meinem dummen Spruch dir die Nacht versauen.«
»Ist schon gut, aber ich glaube, dass du Recht hast.«
»Wie, ich habe Recht?«
»Ich möchte lieber bei Jason schlafen, okay?«
»Nein, nicht okay, weil ich jetzt ein schlechtes Gewissen habe!«
»Musst du nicht, und jetzt weiter mit der Arbeit!«
Während die Jungen aufräumten, ging Josephine ins Bad und legte sich danach auf ihr Bettsofa. Die Jungs machten sich zu dritt im Bad fertig, sagten alle brav Gute Nacht, und Josephine war erstaunt, als nicht George, sondern Tyler ins Zimmer kam.
»Hast du was vergessen?«
»Eigentlich wollte ich mich zur Ruhe legen, aber wenn dich das stört, kann ich auch auf dem Balkon schlafen.«
»Danke!«
»Das war aber wirklich das letzte Mal. Ich hab George gesagt, dass es zu aufdringlich wirken würde. Er war irgendwie total geknickt, und ich wollte ihm nicht weh tun.«
»Es tut mir Leid, wenn du meinetwegen Stress hast. Doch du brauchst kein schlechtes Gewissen zu haben, denn Frauen mögen Männer, die sich rar machen.«
»Vermisst du ihn schon?«
»Nicht wirklich. Das klingt jetzt so böse, ich mag ihn auch, aber mehr halt einfach überhaupt nicht.«
»Du brauchst dich nicht vor mir zu rechtfertigen. Ich bin keine Frau, ich verstehe das sowieso nicht.«
Tyler legte sich auf den Boden.
»Wenn es dir nichts ausmacht, kannst du auch mit auf dem Sofa schlafen. Es ist schließlich groß genug, und ich werde auch nichts machen, versprochen.«
»Wer weiß?«
»Hallo, sehe ich aus wie ein Männer mordender Vamp, der sein nächstes Opfer gefunden hat?«

»Ich kann es dir leider nicht genau sagen, weil ich definitiv nicht weiß, wie eine solche Dame aussehen soll.«
Josephine machte Platz, und Tyler legte sich auf seine Hälfte des Sofas. Es dauerte nicht lange, und sie waren eingeschlafen. Josephine schlief sehr unruhig und wurde ein paar Stunden später wach. Leise schlich sie aus dem Zimmer und setzte sich auf den Balkon. Es war heute einfach nicht ihr Tag, und das Gefühl, nicht alleine im Bett zu liegen, erinnerte sie an Daniel, was es nicht besser machte. Er fehlte ihr. Sie war die Meisterin der Verdrängung, und mit ausreichend Ablenkung war alles kein Problem, aber wenn es ruhig wurde und sie alleine war, kamen alle Emotionen hoch.
Ihre Abwesenheit blieb nicht lange unbemerkt. »Habe ich geschnarcht, oder warum bist du weg?«
Josephine schreckte kurz auf und wischte sich die Tränen aus den Augen: »Nein, es lag nicht an dir.«
»An dem Film?«
»Nein, auch nicht. Schön wäre es.«
»Meinst du nicht, dass Schlafen besser wäre, als hier zu sitzen?«
»Ich habe versucht zu schlafen, aber ohne Erfolg.«
»Dann musst du Schäfchen zählen.«
»Das hat bei mir keinen Zweck mehr.«
»Was hat denn Zweck bei dir?«
»Das weiß ich nicht. Solange ich unter Leuten bin und mich ablenken kann, geht's mir gut, aber wenn ich alleine bin, komm ich nicht klar.«
»Du warst nicht alleine, ich war doch da.«
»Das hat mich irritiert. Versteh mich jetzt bitte nicht falsch, es liegt einfach nur an der Tatsache, dass ich über vier Jahre Tag für Tag neben demselben Mann aufgewacht bin, und heute war die erste Nacht nach der Trennung, wo ich nachts nicht alleine war. Ich hatte echt das Gefühl, Daniel würde neben mir liegen.«
»Dabei war es nur ich.«

»Was nicht heißen soll, dass es schlechter war, aber halt ungewohnt.«
»Du hast die Trennung nicht verkraftet.«
»Nein, und ich weiß nicht, wie ich über ihn hinwegkommen soll. Heute Abend hatte ich wirklich Spaß mit Josh, und ich dachte, wir würden zusammenpassen, und dann präsentiert der mir seine Freundin.«
»Eine neue Beziehung wäre auch zu früh. Es macht doch keinen Sinn, sich mit einem anderen abzulenken. Es gibt bestimmt kein Patentrezept für Liebeskummer. Ich habe mich von der Trennung meiner Exfreundin mit Parties und viel Arbeit abgelenkt. Ich war jeden Abend weg, nie vor 3 Uhr nachts im Bett. Irgendwann war die Übermüdung so groß, dass sie alles andere unterdrückt hat.«
»Ich glaube, das würde ich keine zwei Wochen lang aushalten!«
»Es ist alles eine Frage der Einstellung. Zu Hause fiel mir die Decke auf den Kopf, also musste ich was unternehmen. Es soll jetzt auch keine Lösung für dich darstellen. Jeder hat seine Art und Weise, mit Trennungsschmerz umzugehen. Du bist zwar nicht glücklich, aber lebst deinen Schmerz aus, und ich finde das gut.«
»Warum? Ich vermiese allen die Laune, halte gewisse Leute vom Schlafen ab. Was soll daran gut sein?«
»Es geht doch um dich und nicht um andere. Irgendwann kommt der Tag, an dem du sagst: ›So, jetzt habe ich genug geweint, es muss weitergehen‹, und dein Leben wird sich regeln. Ich habe alles verdrängt, und vielleicht kommt bei mir der Tag, an dem alle Emotionen hochkommen, man weiß es nicht.«
»Hast du nie wegen eurer Trennung geweint?«
»Die ersten zwei Tage vielleicht, aber dann habe ich mir gesagt, dass andere Mütter auch schöne Töchter haben, und alles andere verdrängt.«
»Warst du erfolgreich?«
»Nein, ich habe zwar vier Tage nach der Trennung wieder eine Freundin gehabt, aber das war pure Berechnung, keine Liebe.«

»Das ist hart. Für sie.«
»Es ging auch nicht lange gut, vielleicht zwei Monate, und seitdem hatte ich keine Lust mehr aufs weibliche Geschlecht. Es macht also keinen Sinn, sich mit anderen zu vergnügen, nur um eine gewisse Person zu vergessen.«
»Da hast du wohl Recht. Wollen wir schlafen gehen?«
»Ach, nicht dass ich müde wäre.«
Sie legten sich wieder hin, und beide schliefen, bis sie morgens von Jason geweckt wurden: »Aufstehen! Ich möchte euch nicht zu nahe treten, aber ihr seht ein bisschen fertig aus. Habt ihr etwas anderes gemacht außer schlafen?«
Josephine und Tyler waren beide nicht zu Scherzen aufgelegt und antworteten nichts. Alle frühstückten zusammen, Tyler und George fuhren nach Hause, Josephine und Jason räumten auf und entspannten, denn morgen mussten sie wieder arbeiten.

Josephine hatte am Montag wieder ein Treffen mit ihrem Auftraggeber. Montags war der einzige Tag in der Woche, an dem Mr. Smith Zeit hatte, und sie mussten noch einmal wegen Essen und Dekorationen sprechen. Auch die Auswahl des Personals stand noch aus. Es lief aber alles recht unkompliziert.
»Wir liegen sehr gut im Zeitplan.«
»Sie machen auch einen guten Job.«
»Dankeschön, das hört man gerne. Worauf ich hinaus will, ist Folgendes: Ich stehe momentan privat im Umbruch, und da wollte ich Sie fragen, ob Sie damit einverstanden wären, wenn wir ein paar Tage mit der Planung aussetzen können.«
»Sie sind die Chefin und haben den Überblick.«
»Ich würde es nicht machen, wenn es nicht zu verantworten wäre, aber wir haben noch genug Zeit bis zu dem Event, und ich glaube, es sollte kein Problem werden. Ansonsten sind ja auch andere Ansprechpartner in der Firma, die Ihnen zur Not helfen könnten.«
»Ich vertraue Ihnen. Wann haben Sie dann Urlaub?«

»Das kann ich noch nicht genau sagen. Es wird sich wohl spalten. Ich brauche erst ein paar Tage Zeit, um mir eine Wohnung zu suchen, und dann noch einmal zwei, drei Tage für den Umzug. Ich werde Sie aber früh genug informieren.«
»Dann hätten wir doch alles geklärt. Ich bedanke mich recht herzlich bei Ihnen.«
Josephine verabschiedete sich und musste dann mit ihrer Chefin besprechen, ob sie Urlaub haben könnte. Es ging alles recht schnell, und ab Mittwoch hatte Josephine drei Tage frei, um sich eine Wohnung zu suchen. Nun musste sie das noch Jason erklären und Tyler um seine Hilfe bitten.
Als sie abends nach Hause kam, sprach sie als Erstes mit Jason: »Ich habe mich entschlossen, mir endlich eine eigene Wohnung zu suchen. Ich möchte dir nicht länger zur Last fallen, und außerdem ist es wichtig für mich, einen neuen Abschnitt in meinem Leben anzufangen.«
»Es ist deine Entscheidung. Ich habe absolut nichts dagegen, wenn du hier wohnst, aber ich kann verstehen, dass du dir etwas Eigenes suchen willst. Wenn ich dir helfen kann, sag Bescheid.«
»Ja, du könntest mir mal Tylers Telefonnummer geben.«
»Warum?«
»Nicht das, was du denkst, aber sein Kumpel ist Makler, und der wollte mir helfen.«
Jason gab Josephine die Nummer, und die rief gleich an.
»Hallo?«
»Hi, ich bin's, Josephine. Du hast mir doch von deinem Freund, dem Makler, erzählt. Jetzt bräuchte ich seine Hilfe.«
»Willst du ausziehen?«
»Ganz genau.«
»Ab wann willst du dir Wohnungen angucken?«
»Also, ab Mittwoch hätte ich Urlaub, und dann wäre es wohl am sinnvollsten.«

»Okay, ich sag ihm Bescheid, und dann rufe ich dich noch mal an. Kannst du mir noch deine Nummer geben, unter der ich dich erreichen kann?«
Josephine gab ihm ihre Handynummer und wartete auf den Rückruf.
Es dauerte nicht lange, und Tyler meldete sich: »Also, ich habe mit ihm gesprochen, und er hilft dir auf jeden Fall. Du musst aber noch mal mit ihm sprechen, weil ich jetzt nicht sagen konnte, was du konkret suchst. Ich habe mal gesagt, dass du eine Zweizimmerwohnung mit Bad und Küche suchst, und da meinte er, dass er einige interessante Wohnungen hätte.«
»Danke, ist echt klasse, dass du mir hilfst.«
»Mach ich doch gerne.« Tyler gab Josephine die Nummer von dem Makler, und sie rief ihn gleich Dienstag aus ihrem Büro an. Er war sehr nett, und sie hatte für Mittwoch fünf Besichtigungstermine.
Am Mittwoch lief und fuhr Josephine quer durch New York, von einem Termin zum nächsten und von einem Stadtteil zum anderen. Die Wohnungen waren alle okay, aber keine haute sie vom Hocker. Dennoch füllte sie bei allen den Bewerbungsbogen aus und suchte fleißig weiter.
Für Donnerstag hatte sie acht Besichtigungen. Es ging gleich früh morgens los und dauerte bis in den späten Abend. Jason wartete mit dem Essen auf seine Schwester.
»Danke, das wäre aber echt nicht nötig gewesen.«
»Schon okay. Wie waren deine Besichtigungen?«
»Zwei Wohnungen heute haben mir überhaupt nicht gefallen. Die Lage war wirklich furchtbar, da würde ich nachts nicht alleine aus dem Haus gehen wollen, der Rest war ganz okay, aber meine Traumwohnung war noch nicht dabei.«
»Wie sollte deine Wohnung denn aussehen?«
»Ich will eine gute Lage, mit Lebensmittelgeschäften und nahe gelegenem U-Bahn-Anschluss, und sie soll schnuffelig sein. Sie muss nicht groß sein, aber das gewisse Etwas haben. Ich muss mich einfach wohl fühlen.«

»Wie viele Wohnungen guckst du dir morgen an?«
»Nur drei, mehr Termine gab es nicht. In die Zeitungen habe ich auch noch mal geguckt, und da wollte ich bei einer Sache anrufen, der Rest ist allerdings uninteressant.«
»Morgen ist bestimmt eine Wohnung für dich dabei. Du darfst halt nicht zu wählerisch sein.«
»Ich weiß, und da ich auch nie die einzige Bewerberin bin, nehme ich, was kommt.«
Sie aßen, und dann legte sich Josephine schlafen. Sie wollte fit sein für die nächsten Besichtigungen. Die erste Wohnung am Freitag war der totale Reinfall, aber in die zweite verliebte sich Josephine sofort. Es war eine kleine Zwei-Zimmer-Altbauwohnung in Greenwhich Village. Sie war toll, hatte einen kleinen, ruhigen Balkon, eine gemütliche Küche, ein total niedliches Badezimmer mit blauen Fließen und war das, was Josephine wollte. Nur gab es außer ihr noch 30 weitere Bewerber, und das war das Problem. Sie redete zwar nach der Besichtigung mit dem Makler, wie ihre Chancen stehen, und er meinte, dass es nicht schlecht aussieht, es allerdings auch auf den Vermieter ankäme. In ihrer Verzweiflung bat sie Tyler, ein gutes Wort für sie bei seinem Kumpel einzulegen. Ab dann hieß es abwarten, denn erst morgen würde sie benachrichtigt werden, ob es geklappt hatte oder nicht. Sie betete dafür, denn das wäre wirklich ein Traum.
Die Warterei nahm Josephine richtig mit. Jason startete deswegen sein Ablenkungsprogramm. Sie gingen erst zusammen joggen, und dann war ein Spieleabend mit Tyler und George angesagt, doch sein Konzept schien nicht so ganz aufzugehen, denn Josephine war die ganze Zeit geistig abwesend. Beim Spielen vergaß sie, wann sie an der Reihe war, bei Gesprächen bekam sie überhaupt nichts mit, und es schien keinen Sinn zu machen.
»Jetzt mach dir keine Sorgen, du bekommst die Wohnung! Mein Kumpel wird sich schon für dich einsetzen, und der Vermieter vertraut auf seine Meinung. Ich sehe da überhaupt kein Problem.«

»Ich wünschte, du hättest Recht.«
Am nächsten Morgen bekam Josephine die Bestätigung, dass Tyler Recht hatte, denn sie bekam die Wohnung, lernte am selben Tag noch den Vermieter kennen, der einen guten Eindruck von ihr hatte, und konnte den Mietvertrag gleich unterschreiben. Josephine war überglücklich. Das war der erste Schritt in die richtige Richtung. Nun konnte sie planen, wie sie alles einrichtet, welche Möbel sie noch von Daniel abholen müsste und wann sie einzog. Die Wohnung war frisch renoviert und sofort einzugsbereit. Es sprach nichts gegen das kommende Wochenende.
Während Josephine sich einen Wochenplan mit den zu erledigenden Aufgaben aufstellte, spielten Tyler und Jason zusammen Basketball. Nach einem kleinen Match legten sie eine Pause ein, und Jason brannte schon eine gewisse Frage unter den Nägeln: »Ich möchte jetzt nicht dreist sein, aber warum setzt du dich so für meine Schwester ein?«
»Ich habe doch nichts gemacht?«
»Hallo? Du hast ihr eine Wohnung besorgt, und ich glaube nicht, dass das in New York so einfach war!«
»Ich habe halt Beziehungen.«
»Ja, aber die müsstest du nicht für sie einsetzen.«
»Ihr ging es nicht gut, und ich habe ihr geholfen, was ist daran schlimm?«
»Nichts, mich interessiert nur deine Intention bei den Bemühungen.«
»Warum ist man nett zu einem Menschen? Weil man ihn mag und ihm helfen möchte, das ist doch normal.«
»Nur mag oder mehr?«
»Nur mögen.«
»Warum nehme ich dir das nicht ab?«
»Weil du nicht blöd bist. Mann, ich weiß, dass ich mich viel zu auffällig verhalte, aber ich mag sie halt, auch wenn es deine Schwester ist.«
»Damit hätte ich kein Problem. Ihr wärt ein super Paar.«

»Wir werden aber nie eins werden.«
»Warum nicht?«
»Erstens will auch George was von ihr, und ich bin der Letzte, der ihm dazwischenfunkt, weil er einer meiner besten Freunde ist, und zweitens will deine Schwester keine Beziehung.«
»Das sagt doch jeder, aber früher oder später verliebt man sich neu und hat wieder eine Partnerschaft.«
»Wird sie auch haben, aber nicht mit mir.«
»Warum so pessimistisch?«
»Ich habe dir die Gründe erklärt, und außerdem glaube ich nicht, dass ich ihr Typ bin.«
»Das kannst du doch überhaupt nicht beurteilen!«
»So weit wird es auch nicht kommen. Bitte, behalte es für dich, okay?«
»Von mir erfährt niemand was, aber ich fände es schade, wenn du nichts probierst.«
»Themenwechsel. Lass uns lieber noch eine Runde spielen!«
Sie spielten weiter, und Jason verlor kein Wort mehr über Tylers Reizthema.
Die nächste Woche ging schnell vorbei. Josephine arbeitete, plante ihre Einrichtung, kaufte ein und organisierte. Nachdem George und Tyler ihre Hilfe beim Umzug zugesagt hatten, musste Josephine nur noch Daniel anrufen und mit ihm alles klären.
»Ja.«
»Ich bin's.«
»Wie geht's dir?«
»Danke, ganz okay. Wie sieht es bei dir aus?«
»Arbeit, Arbeit und noch mal Arbeit, aber ansonsten kann ich mich nicht beschweren.«
»Das ist schön. Du, weshalb ich anrufe, ich habe jetzt eine Wohnung.«
»Wow, das ging flott!«
»Ein Freund von Jason hat mir dabei geholfen.«
»Wo liegt sie?«

»Greenwhich Village.«
»Schön.«
»Ja, kleine Zweizimmerwohnung mit ganz viel Charme. Du kannst mich dann mal besuchen kommen!«
»Das mache ich gerne, aber vorher brauchst du bestimmt ein paar Möbel, oder?«
»Genau. Das meiste gehört dir, und deswegen hole ich nur ein paar Sachen.«
»Die wären?«
»Das Sofa im Wohnzimmer.«
»Das große oder das andere?«
»Das kleine rote mit dem Samtbezug.«
»Kein Problem, kannst du haben. Was noch?«
»Dann hätte ich gerne den Kleiderschrank aus dem Flur, den kleinen Badezimmerunterschrank und das große Herzbild.«
»Das lässt sich einrichten. Sonst noch was?«
»Nein, außer du willst was loswerden?«
»Du könntest das Bett haben, ich will mir ein neues kaufen.«
»Das ist nett, aber ich glaube, daran habe ich zu viele Erinnerungen.«
»Kann ich verstehen, ist auch der Grund, warum ich ein neues möchte. Falls dir noch was einfällt, sag Bescheid. Wann willst du die Sachen abholen?«
»Freitag Abend oder Samstag Morgen, wenn das geht.«
»Komm einfach vorbei. Ich bin die ganze nächste Zeit im Studio. Musst halt klingeln.«
»Okay, danke!«
»Kein Problem.«
Das lief doch wie geschmiert. Nach der Arbeit durchstöberte Josephine alle Möbelgeschäfte nach einem Bett, Esstisch, Stühlen, Fernsehtisch und allem, was sie noch brauchte. Es kam einiges zusammen. Sie brauchte noch fast alle Elektrowaren, Teppiche, Geschirr und einiges mehr. Zum Glück hatte sie ein Sparkonto, das nur gewartet hatte, aus diesem Grund geplündert zu werden.

Am Donnerstagabend fuhr sie zusammen mit George, Möbel und andere Kleinigkeiten abholen. Er hatte ein großes Auto, und das war extrem praktisch, trotzdem mussten sie fünfmal fahren, bis sie alle Sachen in der Wohnung hatten.
»Du willst wohl nichts dem Zufall überlassen, oder?«
»Nein, dafür habe ich gar keine Zeit. Nach diesem Wochenende muss die Wohnung zwar noch nicht eingeräumt, aber eingerichtet sein, denn ab nächster Woche habe ich viel zu tun.«
»Verstehe, dann gehen wir noch einmal durch, was wir heute alles gekauft haben.«
Josephine hatte alles genau geplant. Heute hatten sie den Tisch, die Stühle, die Teppiche, den Fernseher, das Geschirr und andere Kleinigkeiten wie Handtücher und Decken etc., den Wohnzimmertisch, die Möbel für den Balkon und einen Wohnzimmerschrank abgeholt. Und ganz wichtig: Umzugskartons. Morgen müssten sie dann erst noch das Bett, den kleinen Küchentisch und die restlichen elektronischen Geräte abholen, dann die Sachen von Daniel. Den Samstag und Sonntag hätten sie dann zum Zusammenschrauben, Aufbauen und Putzen. Der Plan war eng, aber es müsste funktionieren.
Freitag stand George mit seinem Wagen bereit, holte Josephine von der Arbeit ab, und sie holten die restlichen Sachen aus der Stadt. Nachdem sie die in die Wohnung geschleppt hatten, sammelten sie Tyler und Jason ein und fuhren zu Daniel. Der packte gleich mit an, und nach einer Stunde hatten sie die Sachen von ihm abgebaut und im Auto verstaut.
Es fiel Josephine schwer, so ganz endgültig auszuziehen, obwohl sie sich mit der Trennung von Daniel ganz gut abgefunden hatte. Doch es war eine schöne Zeit, und sie würde einiges vermissen. Sie ließ sich nichts anmerken, und nach einem kurzen Gespräch fuhren sie dann wieder zu Josephines neuer Bleibe und räumten alles hoch in die Wohnung.
Gegen 23 Uhr waren sie fertig, und das auch körperlich.

»Jungs, ihr seid die Besten! Wenn wir gleich bei Jason sind, gebe ich eine Runde Pizza und Bier aus. Was würde ich nur ohne euch machen! Danke!«
Sie fuhren zu Jason, aßen kurz, und dann wollte jeder nur noch in sein Bett. Am nächsten Morgen trafen sich alle bei Josephine in der Wohnung. Sie hatte noch Getränke und belegte Brötchen besorgt, und dann ging es an die Arbeit. Es lief aber entspannter ab als gestern, denn sie hatten keinen Zeitdruck. Jason und Tyler bauten das Bett auf, während George und Josephine noch einmal losfahren mussten, um eine Matratze und Bettzeug zu kaufen. Nach einer Stunde waren sie wieder da, und zwar nicht nur mit der Matratze und dem Bettzeug, sondern gleich noch mit drei Spannbettlaken und zwei verschiedenen Bettbezügen. Josephine war halt gründlich. Jason und Tyler hatten mittlerweile das Bett zum Stehen gebracht und bauten nun den Schrank zusammen. George und Josephine versuchten sich an dem Wandschrank fürs Wohnzimmer, und obwohl sie beide nicht sehr handwerklich begabt waren, dauerte es nur drei Stunden, bis der stand. Danach waren sie allerdings fix und alle und brauchten eine Pause. Tyler und Jason ließen sich nicht bitten und machten sofort mit.
»Ihr seid prima, Jungs, ich hätte nie gedacht, dass das so schnell geht.«
Jason bremste die Euphorie: »Wir haben aber noch ein ganzes Stück Arbeit vor uns.«
»Gemeinsam schaffen wir das. Auf jeden Fall seid ihr herzlich zu meiner Einweihungsparty eingeladen, aber fragt mich nicht, wann die ist.«
»Wie wäre es mit heute Abend? Wenn ich noch ein paar Stunden schraube, bin ich zu nichts mehr zu gebrauchen, und wenn die Party hier ist, kann ich hier gleich übernachten.« George dachte eben praktisch.
Nach der Pause machten sich alle frisch ans Werk. Sie schraubten, bohrten und gaben ihr Bestes. Gegen 21 Uhr hatten sie alle großen Sachen zusammengebaut. »Jetzt ist doch das

Gröbste geschafft. Den Rest schaffe ich auch alleine, also müsst ihr morgen nicht helfen.«
Tyler widersprach: »Was wir angefangen haben, bringen wir auch zu Ende!« Gesagt, getan, und so wurde auch am Sonntag noch fleißig mitgeholfen, und wie sich herausstellte, war das auch nötig, denn die Möbel mussten getragen werden, und auch bei anderen Kleinigkeiten war Josephine froh, dass sie Hilfe hatte.
Gegen 16 Uhr hatten sie dann aber wirklich alles geschafft, und nun ging's für Josephine ans Putzen, und die Jungs gingen zusammen auf ein Feierabendbierchen. Sie setzten sich in eine kleine, gemütliche Bar und erholten sich von den Strapazen, doch es kam, wie es kommen musste, und diesmal löcherte George Tyler wegen Josephine: »Was geht da zwischen euch vor?«
»Gar nichts. – Hast du es ihm gesagt?« Tyler wandte sich vorwurfsvoll an Jason.
»Nein, von mir weiß niemand irgendetwas.«
»Tyler, es sieht ein Blinder, dass du sie magst!«
»Ja, mögen, mehr nicht. Bitte Themenwechsel. Es wird daraus nie mehr werden, und damit ist's gut.«
»Nein, ist es nicht. Warum probierst du es nicht?«
»George, das musst du mich gerade fragen! Wer schwärmt denn immer von ihr? Du oder ich?«
»Ich schwärme von allen weiblichen Wesen.«
»Du magst sie doch selber.«
»Ja, aber nicht ernsthaft.«
»Wie – nicht ernsthaft?«
»Ich bin doch nicht in sie verliebt. Dachtest du das?«
»Ja.«
»War das der Grund, warum du nichts versuchen wolltest?«
»Unter anderem.«
»Das ist ja süß von dir, aber meinetwegen musst du keine Rücksicht nehmen.«

Jason schaltete sich ein:»Prima, dann spricht nichts mehr gegen einen Versuch!«
Tyler guckte Jason und George genervt an. »Bitte Jungs, das Thema ist mir unangenehm. Können wir es nicht einfach lassen?«
»Nein, weil es falsch wäre, nichts zu tun. Glaube mir, ich kenne meine Schwester schon länger, und sie mag dich.«
»Hat sie das gesagt?«
»Nein, aber ...«
»Also.«
»Lass mich doch mal ausreden! Man merkt es an ihrem Verhalten. Sie ist gerne in deiner Nähe.«
»Mag ja alles sein, aber man ist auch gerne in der Gegenwart seiner Freunde. Das hat nichts zu bedeuten.«
»Warum bist du dir so sicher?«
»Es ist einfach so, und ich möchte mir meine nächste Pleite ersparen.«
»Tyler, wer nicht versucht zu gewinnen, der kann nicht gewinnen.«
»Mag sein, aber ich bin noch nicht so weit.«
George und Jason versuchten Tyler aufzumuntern, aber mit wenig Erfolg. Er wollte ihre Theorien gar nicht hören.

In der Zwischenzeit hatte Josephine alles geputzt und fing an, die Regale einzuräumen. Es würde ihre erste Nacht in der neuen Wohnung sein. Es war ein mulmiges Gefühl, aber es fühlte sich nicht so schlecht an, wie sie befürchtet hatte. Morgen müsste sie sich noch ums Telefon kümmern und einen Großeinkauf starten, damit sie ein paar Vorräte hatte, aber ansonsten war alles schon fast fertig und auch sehr wohnlich. Klar, noch Sachen wie Bilderaufhängen, Blumen und andere Kleinigkeiten mussten gemacht werden, aber das konnte sie im Laufe der Zeit erledigen.

Später am Abend rief Jason sie noch kurz auf ihrem Handy an:
»Ich wollte dir doch eine gute Nacht in deinem neuen Zuhause wünschen.«
»Danke, das ist lieb.«
»Es ist ganz schön ruhig hier ohne dich. Du hättest wirklich noch etwas bleiben können. Ich hatte mich gerade daran gewöhnt, und dann bist du weg.«
»Warte ab, in zwei Tagen bist du froh, dass du dein Sofa wieder für dich hast und du morgens meine Launen nicht aushalten musst.«
»Hoffentlich hast du Recht.«
»Es war super, dass ihr mir geholfen habt. Alleine hätte ich das ganz bestimmt nicht hinbekommen.«
»Wozu sind den Geschwister und Freunde da? Es war absolut kein Problem, und wir haben das gerne gemacht.«
»Ich melde mich morgen bei dir, wenn ich meinen Festnetzanschluss habe.«
»Okay, dann schlaf gut, und du weißt ja, was man in der ersten Nacht im neuen Heim träumt, wird wahr!«
Josephine räumte noch ein bisschen und ging dann schlafen. Es war ungewohnt, ganz alleine zu sein, aber es gab einem auch ein Gefühl von Unabhängigkeit, und das tat gut. Sie schlief schnell ein.
Am nächsten Tag war sie ausgeschlafen und munter. Sie hatte sehr gut geschlafen, konnte sich nur nicht mehr daran erinnern, was sie geträumt hatte, aber es dürfte nichts Schlechtes gewesen sein. Im Büro verteilte sie stolz ihre neue Adresse, und das Treffen mit ihrem Auftraggeber verlief sehr entspannt, er lobte Josephines Arbeit, was sie sehr zufrieden stimmte. Es schien, als würde sie momentan eine richtige Glückssträhne haben. Die Leute von der Telefongesellschaft waren auch sehr entgegenkommend und installierten am selben Tag noch das Telefon. Es konnte nicht besser laufen.
Nach der Arbeit kaufte Josephine in einem Supermarkt gleich drei Tüten mit Lebensmitteln, Sachen wie Putzmittel, Lappen,

Toilettenpapier und allem anderen, was nötig war. Es war zwar anstrengend, die Sachen durch die halbe Stadt zu schleppen, aber als sie zu Hause war, stürzte sie sich mit voller Begeisterung ins Chaos und räumte weiter ein. Zwischenzeitlich teilte sie allen möglichen Leuten noch telefonisch ihre neue Adresse und Telefonnummer mit und arbeitete dann fleißig weiter. Gerade als sie ihren Computer anschließen wollte, klingelte es an der Tür. Wer konnte das nur sein? Sie erwartete doch niemanden. Es war Tyler. Er hatte sich von Jason und George überreden lassen und stand mit Brot und Salz, dem typischen Einzugsgeschenk, vor der Tür.
»Hey, wie komme ich denn zu der Ehre?«
»Da ich weiß, wie unruhig du schlafen kannst, dachte ich mir, ich gucke mal, wie du so deine erste Nacht verbracht hast!«
»Das ist nett, komm rein! Es ist noch ein bisschen chaotisch, aber ich versuche gerade, den Computer zum Laufen zu bringen, allerdings ohne Erfolg.«
»Soll ich mal nachschauen?«
»Aber nur wenn es hinterher nicht heißt, dass ich dich ausnutze!«
»Es wird schon keine große Sache sein.«
Es dauerte nicht lange, und der Computer war einsatzbereit, und weil Tyler gleich dabei war, konnte er auch noch die Bilder aufhängen und die neuen Lampen anschrauben.
»Du wärst bestimmt nicht gekommen, wenn du gewusst hättest, worauf du dich da eingelassen hast!«
»Ob ich jetzt abends Basketball spiele oder meine Energie beim Einrichten verpulvere, macht doch keinen großen Unterschied.«
»Willst du was trinken?«
»Gerne.«
»Ich habe allerdings nur Wasser im Angebot.« Josephine verschwand kurz in der Küche und kam mit Wasser und ein paar Chips zurück.
»Genug für heute. Ich kann nicht mehr.«

»Keine schlechte Idee.«
Sie setzten sich auf den Balkon und erzählten noch ein bisschen.
»Danke, dass du mir so in letzter Zeit geholfen hast.«
»Das ist doch nicht der Rede wert.«
»Ohne dich hätte ich nicht die Möglichkeit gehabt, so schnell auszuziehen und auf eigenen Beinen zu stehen.«
»Warum wolltest du eigentlich so schnell bei Jason ausziehen?«
»Ich glaube, es war wichtig für mich, einen Schlussstrich zu ziehen und letztendlich einen neuen Abschnitt in meinem Leben zu wagen.«
»Erinnert mich etwas an unser Gespräch nachts bei Jason.«
»Mich auch, du hast mir die Augen geöffnet, und ich glaube, dass es genau richtig war.«
Sie redeten noch etwas, und danach machte sich Tyler auf den Weg nach Hause.
Jason und George waren stolz auf ihn, dass er sich getraut hatte.
»Ich kam mir so blöd vor. Offensichtlicher kann man es ja gar nicht mehr machen. Vielleicht sollte ich mir das nächste Mal ein Schild um den Hals hängen.«
»Jetzt beruhige dich mal. Ihr hattet einen netten Abend, und ihr seid euch nicht näher gekommen, oder?«
»Nein!«
»Also, es war ein reiner Freundschaftsdienst, und so wird Josephine es auch sehen.«
»Ja, aber ihr habt doch gesagt, ich soll das machen, damit sie mehr in mir sieht als nur den Freund.«
»Ja, aber du hast eben gesagt, dass das peinlich wäre.«
»Es ist zum Wahnsinnigwerden! Ich hätte mich erst gar nicht auf den Mist einlassen sollen.«
George und Jason guckten sich verzweifelt an. Mit Tyler hatten sie eine harte Nuss zu knacken, aber so schnell gaben die zwei nicht auf.

Am nächsten Tag fuhr Josephine nach der Arbeit bei Jason zum Essen vorbei.
»Ich bin froh, dass du mich bekochst. Heute war es stressig.«
»Probleme?«
»Nein, aber eine Kollegin von mir ist krank geworden, und weil ich etwas Luft habe, darf ich ihren Auftrag mit bearbeiten, bis sie wieder gesund ist.«
»Was ist das für ein Auftrag?«
»Eine Schmuckpräsentation. Klingt jetzt größer, als es ist. Es sind nur 20 Gäste geladen, aber es muss eben sehr exklusiv sein.«
»Wann?«
»Donnerstagabend.«
»Das ist knapp.«
»Stimmt, aber es wurde gut vorgearbeitet, nur die Veranstalter finden das Verhalten unserer Firma unprofessionell. Die sind ziemlich ätzend, und es macht keinen Spaß, mit denen zu arbeiten.«
»Sind doch nur noch zwei Tage, dann ist es vorbei.«
»Zum Glück.«
»Hast du gestern noch viel in deiner Wohnung gearbeitet?«
»Ja. Tyler hat mir geholfen, das war echt prima.«
»Tyler? Habe ich irgendetwas verpasst?« Jason stellte sich absichtlich unwissend.
»Er ist gestern spontan vorbeigekommen. Das war sehr nett, und wo er schon da war, habe ich ihn gleich mit allen möglichen Aufgaben versehen.«
»Wie nett von dir!«
»Er hatte nichts dagegen.«
»Du nutzt ihn aus.«
»Mache ich nicht.«
»Na, erst lässt du dir eine Wohnung von ihm besorgen, und dann darf er für dich schuften.«
»Ich revanchiere mich schon bei Gelegenheit.«
»Wann soll die denn kommen? Wenn er umzieht?«

»Zum Beispiel.«
»Findest du dein Verhalten nicht undankbar? Er hat dir so geholfen.«
»Was soll ich denn deiner Meinung nach machen?«
»Lade ihn ein! Geht zusammen ins Kino oder so.«
»Das sieht doch nach einem Date aus!«
»Er wird das schon nicht falsch verstehen.«
»Ich weiß nicht.«
»Hast du dich angemacht gefühlt, als er gestern vor deiner Tür stand?«
»Nein! Warum sollte ich?«
»Guck! Warum sollte er also deine Einladung falsch verstehen?«
»Okay, überredet. Ich lade ihn für Samstagabend zum Essen ein. Zufrieden?«
»Es ist mir egal, was du machst, ich find es ihm gegenüber nur fairer. Wäre die Vorstellung eigentlich so schlimm, dass du und er ...?«
»Worauf willst du hinaus? Hat Tyler irgendwelche Absichten?«
»Nein, du kannst aber auch alles falsch verstehen. Ich finde nur, ihr wärt ein süßes Paar.«
»Jason, wenn ich auf jeden Typ stünde, mit dem ich ein süßes Paar abgeben würde, dann hätte ich einiges zu tun.«
»Er ist doch nett.«
»Ja, klar ist er nett, und ich mag ihn auch, aber doch nicht als Partner in einer Beziehung!«
Jason wechselte das Thema, denn das war eindeutig.
Nachdem Josephine weg war, rief er sofort George an: »Also, ich konnte sie dazu bewegen, dass sie Tyler für Samstagabend zum Essen einlädt.«
»Das läuft doch hervorragend.«
»Na ja, als ich gebohrt habe, wie sie ihn denn so findet, waren die Reaktionen nicht so toll.«
»Warum? Was hat sie gesagt?«

»Sie meinte, dass sie ihn zwar mögen würde und er auch nett sei, aber mehr halt nicht, und das klang wirklich überzeugend.«
»Scheiße! Was machen wir jetzt?«
»Ich weiß es nicht.«
»Sollten wir es Tyler sagen? Hinterher macht er sich Hoffnungen.«
»Er klingt nicht gerade euphorisch, wenn man ihn darauf anspricht.«
»Das stimmt, und ich finde, wir dürfen noch nicht so schnell aufgeben.«
»Wie meinst du das?«
»Aus Mögen kann Liebe werden. Es muss ja nicht immer auf den ersten Blick funken!«
»Da stimme ich dir zu. Wir machen es so: Wir meiden in den nächsten Tagen das Thema und denken uns eine Strategie aus.«
»Perfekt. Außerdem haben die beiden den ganzen Samstagabend und die Nacht.«
»Die Nacht? Meinst du, Tyler würde gleich so rangehen?«
»Wer weiß?«
»Nein, das kann ich mir nicht vorstellen.«
Sie philosophierten noch ein bisschen, setzten am nächsten Tag ihren Plan in die Tat um und sprachen Tyler nicht auf das Thema an. In der Mittagspause erzählte er dann von sich aus, dass Josephine ihn eingeladen hätte, aber überschwängliche Freude kam nicht auf. Da hatten George und Jason noch ein hartes Stück Arbeit vor sich!

Josephine kam kaum noch zum Schlafen und arbeitete fast 20 Stunden am Tag. Bei dem Auftrag, den sie übernehmen musste, war ein Lieferant abgesprungen, und es herrschte Alarmstufe rot. Die Laune der Auftraggeber wurde immer schlechter, und Josephine wünschte sich, sie wäre krank. Die Veranstaltung verlief zwar nicht optimal, aber so gut wie nur möglich über die

Bühne. Konsequenz: Josephine wurde Freitagmorgen zu ihrer Chefin zitiert.
»Setzen Sie sich.«
»Danke.«
»Sie können sich bestimmt vorstellen, worum es geht.«
»Ja, um das Fiasko von gestern Abend. Ich habe wirklich alles versucht, was in meiner Macht stand, und das Team hat perfekt mitgearbeitet, aber wir können nicht aus Scheiße Gold machen.«
»Was ist das denn für eine Wortwahl?«
»Entschuldigen Sie, aber der gestrige Abend war nicht so schlimm, wie diese Leute tun.«
»Ich möchte Ihnen auch nicht die Schuld daran geben, Sie sind ja auch nur eingesprungen, aber diese Leute sind furchtbar sauer und wollen nicht mal bezahlen!«
»Dann rede ich noch einmal mit denen. Es gab kleine Probleme, weil ein Lieferant abgesprungen ist und wir im letzten Moment die Dekoration und das Büfett etwas verändern mussten, aber niemand, der die Vorgeschichte kannte, hätte gemeckert.«
»Die Leute haben gesagt, dass nicht genug Essen und Trinken vorhanden gewesen wäre.«
»Das stimmt nicht! Es war zwar weniger, als ursprünglich geordert wurde, aber wir haben noch von allem etwas übrig behalten. Das habe ich sogar schriftlich vom Lieferservice. Wir sind denen auch noch einen Schritt entgegengekommen.«
»Ist es im Endeffekt teurer oder billiger geworden?«
»Der Preis ist insgesamt niedriger. Weil wir spontan Sachen beschaffen mussten, waren die Preise höher als geplant, aber weil es mengenmäßig weniger war, kommen sie günstiger davon.«
»Okay, ich werde das regeln.«
»Danke, kann ich jetzt gehen? Ich habe einen Termin mit Mr. Smith.«
»Wie zufrieden ist der mit Ihnen?«

»Da sollten Sie ihn am besten selbst fragen, aber er hat sich in meiner Gegenwart noch nicht schlecht geäußert.«
»Ich werde ihn dann mal begrüßen.«
Josephines Chefin begleitete sie in ihr Büro und quetschte Mr. Smith über Josephines Arbeit aus, verschwand zum Glück aber schnell wieder.
»Danke, dass Sie nur gut über mich gesprochen haben!«
»Ich habe ja nur die Wahrheit gesagt. Haben Sie Stress?«
»Das kann man wohl sagen! Meine Kollegin ist krank geworden, und ich habe ihren Auftrag spontan übernommen. Bei der Präsentation ist aber nicht alles glatt gegangen, weil ein Lieferant abgesprungen ist, und nun bin ich dafür verantwortlich.«
»Das ist nicht gut.«
»Sie müssen sich allerdings keine Sorgen machen. Bei Ihnen passiert das nicht. Ich arbeite mit anderen Lieferanten zusammen, und die sind sehr, sehr zuverlässig.«
»Bis jetzt hatten wir ja auch noch keine Probleme. Hoffen wir, dass das so bleibt.«
»Ich gebe mein Bestes.«
»Sehr gut. Ich habe eine Bitte an Sie: Meine Frau möchte, dass wir die Party an einen anderen Ort verlegen.«
Auch das noch! Heute schien nicht Josephines Tag zu sein. Sie behielt die Ruhe, hörte sich alle Vorschläge an und buchte danach sämtliche Sachen um. Sie war so froh, als sie endlich Feierabend und Wochenende hatte und nach Hause konnte. Sie war so müde, dass sie gleich einschlief.
Samstag Morgen ging sie einkaufen für das Essen mit Tyler und bereitete dann alles vor.

George und Jason bereiteten Tyler auf den Abend vor. Der war schon total genervt und hoffte, dass die zwei bald gehen würden, aber sie machten keine Anstalten, suchten ihm passende Klamotten aus und gaben ihm tolle Tipps.

»Jungs, ich weiß eure Bemühungen zu schätzen, aber ich werde mir ganz normal Jeans und T-Shirt anziehen und mich verhalten wie immer.«
»Wir wollen dir doch helfen, dass du nicht so nervös bist!«
»Ich bin nicht nervös. Ihr macht mich höchstens wahnsinnig.«
»Okay, Vorschlag: Wir lassen dich jetzt alleine, aber dafür musst du nach dem Essen bei George vorbeikommen und uns alles erzählen.«
»Mache ich.«
Tyler war froh, dass die beiden endlich weg waren und guckte noch etwas Fernsehen, bevor er sich auf den Weg machte.

Josephine hatte alles gut vorbereitet, zog sich noch etwas Besseres an, und dann war Tyler auch schon da.
»Hi, komm rein. Es ist alles fertig.«
»Wunderbar. Ich möchte dir ja nicht zu nahe treten, aber du siehst etwas fertig aus. Bist du okay?«
»Ich hatte diese Woche Stress auf der Arbeit.«
Sie setzten sich auf den Balkon, Josephine klagte Tyler ihr Leid, und sie aßen.
»Du bist die perfekte Köchin. Schmeckt hervorragend!«
»Danke, aber das war noch nicht alles. Du musst nämlich heute mein Tiramisu probieren.«
»Gib mir noch etwas Zeit!«
»Da habe ich auch nichts dagegen. – Was hast du die Woche über gemacht?«
»Ich saß im Büro oder mit Jason und George in der Cafeteria, also nichts Besonderes. Eine meiner Kundinnen ist etwas nervig. Sie ist, ich schätze mal, so etwa 60 und hat jeden Tag ein anderes Anliegen. Ich glaube, sie ist einsam.«
»Eine einsame reiche 60-Jährige und ein gut aussehender, junger Mann Ende 20. Ihr wärt ein Traumpaar!«
»Na, danke! Aber sie will mich mit ihrer Tochter verkuppeln. Die ist Ende 30 und sieht echt toll aus.«
»Jetzt wirklich?«

»Nein! Sie ist zwar ganz nett, aber sie wiegt ungefähr 70 Kilo zu viel.«
»Du bist gemein. Vielleicht gibt es einen Grund, warum sie übergewichtig ist.«
»Ja, weil Mutti zu gut kocht. Die wollen mich immer mit zum Essen nehmen. Die wohnt sogar noch bei ihrer Mutter.«
»Sei nicht so oberflächlich. Es zählen die inneren Werte.«
»Willst du mich an die Frau bringen?«
»Nein, aber es macht Spaß, dich zu ärgern.«
»Du bist gut. Ich finde das nicht lustig. Außerdem, wenn mich eine Frau gut findet, ist sie entweder über 50 oder eine Gesichtsschabracke.«
»Oh, das ist echt gemein.«
»Es stimmt aber.«
»Vielleicht sind deine Ansprüche ja zu hoch.«
»Du kriegst gleich meinen Wein über den Kopf, das ist nicht lustig.«
»Okay, es tut mir Leid, aber ich kann dich trösten, mir geht es da auch nicht besser. Ich glaube einfach, dass einen nur die Menschen ansprechen, die eh nichts mehr zu verlieren haben.«
»Das ist nicht nett, aber wahr.«
»Das Schlimmste, was mir mal passiert ist, war, dass ein Typ mich in der Disco voll gelabert hat, und dann bin ich den nicht mehr los geworden. Der hat selbst auf mich gewartet, wenn ich auf Toilette war.«
»Er war eben besorgt um dich.«
»Darauf kann ich verzichten.«
»Warum hast du ihm nicht gesagt, dass er gehen soll?«
»Weil ich so etwas nicht kann. Dann denke ich, ich verletze den Menschen, und das will ich nicht.«
»Aber ihm falsche Hoffnungen zu machen ist auch nicht besser.«
»Am besten, man sagt von vornherein, dass man einen Freund hat.«

»Erspart man sich vieles. Mein schlimmstes Erlebnis war, dass mich eine wunderhübsche Frau ansprach, und ich war wirklich happy darüber, aber es war deren Freundin, die mich kennen lernen wollte. Die Freundin war ungefähr 17 Jahre alt und trug eine Zahnspange, und dann saß ich da den ganzen Abend. Am Anfang dachte ich ja, dass die Hübsche an mir interessiert wäre, und ich habe natürlich gleich erzählt, dass ich keine Freundin habe und den ganzen Abend Zeit hätte. Horror! Schlimmer konnte es nicht sein.«
»Klingt nicht sehr gelungen. Wie sprichst du eine Frau an?«
»Gar nicht!«
»Warum?«
»Dazu bin ich ehrlich zu schüchtern. Das kostet so viel Überwindung. Ich habe das vielleicht bisher dreimal gemacht und nie wieder. Wie machst du das denn? Hast du einen lässigen Spruch wie: ›Waren deine Eltern Diebe? Deine Augen sehen aus, als hätten sie zwei Sterne vom Himmel geklaut!‹«
»Das ist ja grausam. Jetzt weiß ich, warum du keine Frauen mehr ansprichst.«
»So einen Spruch würde ich nie sagen. Traust du mir das zu?«
»Nein, zum Glück nicht.«
»Jetzt sag du erst mal, wie du es besser machen würdest.«
»Das weiß ich leider auch nicht. Ich lasse mich lieber ansprechen und versuche vorher, mein Interesse mit Blickkontakt zu vermitteln.«
»Das ist ja eine billige Masche!«
»Frauen wollen erobert werden.«
»Männer auch.«
»Wenn ich ganz verzweifelt bin und der Typ mich umhaut, stecke ich ihm, kurz bevor ich gehe, meine Telefonnummer zu.«
»Ohne irgendwas zu sagen?«
»Ja, ich bin halt feige.«
»Das stimmt natürlich, aber ich wäre ja froh, wenn mir eine Frau wie du ihre Nummer zustecken würde.«

»Du siehst auch ganz schrecklich aus und bekommst niemals eine ab. Die Mitleidsnummer zieht bei mir nicht!«
»Dann eben nicht. Wie wäre es mit Nachtisch?«
Josephine holte den Nachtisch, sie erzählten und lachten noch eine ganze Weile, und dann machte sich Tyler auf den Weg zu George, wie er es versprochen hatte.
Die Jungs warteten schon ganz ungeduldig auf Tyler, waren sich aber sicher, dass es ein gutes Zeichen war, dass er so lange weg blieb. Dann endlich das erlösende Klingeln, und Tyler war da.
»Jetzt erzähl alles ganz detailliert. Wir wollen Informationen!«
»Es gibt nicht viel zu sagen. Wir haben gegessen, uns unterhalten, viel gelacht, uns wirklich sehr gut verstanden, mehr nicht. Ein ganz normaler Abend unter Freunden eben.«
George und Jason hörten Tylers Enttäuschung deutlich heraus.
»Ihr hattet Spaß, und das ist das Wichtigste!«
»Wir sind Freunde, da wird nie mehr sein, das ist das Einzige, was mir dieser Abend gezeigt hat.«
George versuchte Tyler zu trösten: »Was für Erwartungen hattest du denn? Dass sie dir ihre Liebe gesteht?«
»Nein, natürlich nicht.«
»Es ist doch perfekt, dass ihr euch so gut versteht. Frauen lieben Männer, die sie zum Lachen bringen, die ihnen zuhören, und genau das machst du. Ich bin zwar kein ›Womanizer‹ und kenne mich nicht perfekt mit dem anderen Geschlecht aus, aber ich habe ein verdammt gutes Gefühl bei euch beiden.«
Die Freunde trösteten Tyler noch etwas, bevor jeder sich auf den Weg nach Hause machte.

Am nächsten Morgen war Josephine voller Energie, schnappte sich ihr Fahrrad, kaufte Brötchen und radelte zu Jason.
»Mit dir hätte ich wirklich nicht gerechnet.«
»Ist es so ungewöhnlich, dass ich unerwartet vor deiner Tür stehe? Aber keine Sorge, diesmal möchte ich nur bei dir frühstücken, nicht einziehen.«

»Das ist gut, denn in meinem Kühlschrank herrscht Leere, ich habe vergessen einzukaufen.«
»Weibliche Intuition!«
Sie kochten schnell einen Tee, sammelten die brauchbaren Aufschnittreste zusammen und machten sich ein gemütliches Frühstück.
»Das darfst du jetzt jeden Sonntag machen.«
»Verlange nicht zu viel von mir.«
»Für seinen Bruder kann man das doch mal machen, oder?«
»Für dich doch immer.«
»Du bist heute so charmant und strahlst so, habe ich was verpasst?«
»Was solltest du verpasst haben?«
»Reunion mit Daniel, heiße Nacht mit diesem Josh, sag du es mir!«
»Sehe ich aus, als wäre ich verliebt?«
»Definitiv. Also, wer ist der Glückliche?«
»Niemand.« Josephine musste grinsen.
»Du kannst nicht lügen, also!«
»Ich bin nicht verliebt, ich mag ihn halt nur.«
»Wen?«
»Tyler.«
»Ach, das war doch der, mit dem du dir niemals, aber absolut niemals eine Beziehung vorstellen konntest!«
»Genau der!«
»Was ist passiert?«
»Ich weiß es nicht, aber er war gestern Abend so süß. Man kann mit ihm lachen, er ist erfrischend ehrlich, und als ich heute Morgen aufgewacht bin, hatte ich so ein komisches Lächeln auf dem Gesicht und musste an ihn denken.«
»Ich hab's gewusst!«
»Das sagt doch noch gar nichts.«
»Ihr seid das perfekte Paar.«

»Stopp, nur weil ich gerne in seiner Nähe bin und ihn sehr, sehr mag, heißt das nicht automatisch, dass das auf Gegenseitigkeit beruht.«
»Das kannst du ja herausfinden.«
»Ich werde mich hüten. Bitte, behalte es für dich.«
»Mache ich. Warum willst du es nicht probieren?«
»Es soll erst mal alles so bleiben, wie es ist. Dann sehen wir weiter.«
Die beiden erzählten noch und Jason freute sich. Nachdem Josephine gefahren war, rief er sofort George an und erzählte ihm das Neuste. Sie freuten sich beide und fassten den Plan, dem jungen Glück auf die Sprünge zu helfen, auch wenn sie noch nicht wussten, wie, aber sie würden schon einen passenden Plan aushecken.

Die nächste Woche verlief bei allen recht ruhig. Josephine zeigte vollen Einsatz bei der Arbeit, damit ihre Chefin wieder milde gestimmt war, richtete danach weiter ihre Wohnung ein, und bei den Jungs lief alles wie gewohnt. Jasons und Georges Hauptaufgabe war es, einen passenden Wochenendplan aufzustellen. Sie holten Veranstaltungsmagazine, fragten andere, was am Wochenende denn so angesagt wäre, aber ohne Erfolg. Wo kommt man sich denn näher? Am Donnerstagabend gaben beide auf.
»Wenn es funkt, dann funkt es, egal wo.«
»Du hast Recht. Was unternehmen wir dann?«
»Wir gehen erst zusammen Sushi essen, das ist bestimmt lustig, weil keiner richtig mit Stäbchen essen kann, und jetzt bist du an der Reihe.«
»Du kennst deine Schwester doch viel besser als ich.«
»Du kennst Tyler.«
»Okay, er geht gerne in Discos und deine Schwester doch auch. Es ist doch diese Studio-54-Party.«
»Perfekt. Ich finde, wir sind die besten Veranstalter und Planer für das Wochenende.«

»Sehr gut erkannt. Ich rufe Tyler an und sage ihm Bescheid, und du sagst es deiner Schwester.«
Beide hängten sich ans Telefon, und nach fünf Minuten kamen sie strahlend wieder zusammen.
»Unser Vorschlag ist sehr gut angekommen.«
»Tyler war auch begeistert.«
»Josephine hat sogar gefragt, ob Tyler mitkommt.«
»Die beiden passen wirklich gut zueinander, denn Tyler hat auch nach ihr gefragt.«
Die beiden feilten noch etwas an ihrer Taktik und dann konnte der Abend kommen. Jason holte vorher Josephine ab, die vor einem echten Klamottenproblem stand.
»Bruderherz, du musst mir helfen. Soll ich lieber einen Rock mit der bestickten Bluse anziehen oder lieber die gemusterte Jeans mit dem schwarzen Top und einer schönen Kette.«
»Ich finde, das Top ist sehr sexy.«
»Ja, aber vielleicht etwas zu offenherzig?«
»Es sitzt optimal, und deine Figur kommt perfekt zur Geltung.«
»Du musst mich nicht aufbauen, sei einfach nur ehrlich.«
»Ich bin ehrlich.«
»Okay, danke. Welche Kette?«
»Die schlichte mit der schwarzen Perle.«
»Du hast einen echt guten Geschmack.«
»Danke. Und als Schuhe empfehle ich die schwarzen Lederstiefel, die vorne spitz zulaufen.«
»Du wirst ab heute mein Modeberater.«
»Einverstanden, aber jetzt beeile dich, wir kommen zu spät.«
»Ich muss nur noch mal mein Make-up kontrollieren. Ach so, soll ich die Haare hochstecken oder offen lassen?«
»Offen sieht lockerer aus.«
Dann machten sich die beiden auf den Weg. George und Tyler waren schon dort. Sie waren auch zu zweit gekommen, denn es sollte nicht so aussehen, dass jemand auf etwas warten würde.
»Sorry, Jungs, aber die Dame hatte Klamottenprobleme.«

George war charmant wie eh und je: »Das Warten hat sich gelohnt, du siehst bezaubernd aus. Findest du doch auch, oder, Tyler?«
Dem war es sichtlich peinlich, aber er antwortete ganz brav: »Ja, du siehst gut aus.«
»Danke.«
Sie setzten sich. Geschickt hatten Jason und George Tyler und Josephine gegenüber platziert. Sie bestellten, aßen und tranken munter Reiswein. Langsam wurden Josephine und Tyler lockerer, sehr zur Freude der beiden anderen. George inszenierte ein echtes Comedyprogramm durch seinen Versuch, mit Stäbchen zu essen. Die anderen mussten so lachen, dass sie selbst nicht zum Essen kamen, und deswegen zog sich alles in die Länge. Die Stimmung war aber sehr gut, und alle freuten sich darauf, noch etwas tanzen zu können.
Die Party in dem Club war super, von der Dekoration über das Publikum bis hin zur Musik, es stimmte einfach alles. Jason und George machten am Anfang noch auf Tanzmuffel, damit Tyler und Josephine alleine tanzten, und es klappte auch. Sie amüsierten sich prächtig.
»Wie wäre es, wenn du mir jetzt zeigst, wie man Kerle anbaggert, und knüpfst dir den Typen da drüben vor.«
Tyler zeigte auf einen ziemlich schüchtern wirkenden Mann an der Theke.
»Das kannst du gleich vergessen!«
»Ach ja, über mich lästern, aber kein bisschen besser! Bau doch mal Blickkontakt zu ihm auf und dann steckst du ihm deine Nummer zu.«
»Du willst mich wohl immer noch an den Mann bringen?«
»Das hast du gesagt!«
Josephine fühlte sich provoziert, und um Tyler zu ärgern, flirtete sie wirklich jemanden an, allerdings sah der williger und besser aus, biss auch gleich an und tanzte um Josephine herum. Frei nach dem Motto: »Eifersucht belebt das Geschäft« tanzte Josephine auch in seine Richtung.

Jason und George beobachteten das nur sehr ungern, und auch Tyler schien es nicht wirklich lustig zu finden, schon gar nicht, als er von einer anderen Dame angesprochen wurde, doch was Josephine konnte, konnte er schon lange, und er ging mit seiner Bekanntschaft etwas trinken.
Jason und George brachen innerlich zusammen. Da geben sie sich so viel Mühe, und wofür? Doch nicht, damit beide mit anderen flirteten! Sie verzweifelten. Da waren die beiden ineinander verliebt, keiner von beiden traute sich, den ersten Schritt zu machen, und bei der erstbesten Gelegenheit zogen sie mit anderen ab?
»Ich geb's auf.«
»Nein, George, wenn wir jetzt aufgeben, lassen wir sie in ihr Unglück laufen. Ich würde vorschlagen, wir beobachten weiter und greifen im Notfall ein.«
»Aber bitte von der Tanzfläche aus, denn wir lassen uns den Abend nicht vermiesen.«
Sie stürzten auf die Tanzfläche und machten Party, hatten allerdings immer ein Auge auf Tyler und Josephine gerichtet.
Nachdem Josephine sich die Nummer von ihrem Flirt hat geben lassen, ging sie zu Tyler und flüsterte ihm ins Ohr: »Ich glaube, es steht 1:0 für mich.«
Auffällig ließ sie ein Zettelchen in ihrer Hosentasche verschwinden und ging wieder. Tyler unterhielt sich noch etwas mit dem Mädel, sie gab ihm ihre Telefonnummer, und er ging zu den anderen auf die Tanzfläche. »Ich würde sagen, 1:1!«
»Und wirst du sie anrufen?«
»Du bist ja ganz schön neugierig! Rufst du deinen Kerl den an?«
»Warten wir ab, was der Abend noch bringt!«
Jason und George schlugen die Hände überm Gesicht zusammen, die zwei versuchten sich beim Flirten zu überbieten, das war so kindisch! Doch sie konnten nichts dagegen tun.
Tyler und Josephine amüsierten sich prächtig, wenn auch nicht zusammen. Allerdings hatte Josephine echte Schwierigkeiten,

denn sobald sie tanzte, kam ihr Flirt wieder an. Tyler fand es zum Totlachen.
Als er sich etwas zu trinken holte, ging Josephine hinterher. Sie wollte ihn mit einem blöden Anmachspruch von der Seite anlabern, aber als sie ihn anstupste, brachte sie vor Lachen nur ein paar Worte heraus: »Sag mal, waren deine Eltern ...«
Tyler konnte sich auch kaum noch vor Lachen halten.
Jason und George fanden ihr Verhalten gar nicht zum Lachen.
»Willst du auch was trinken?«
»Nein, lass mal.«
»Ich glaube, ich störe. Deine Telefonnummer kommt wieder.«
»Wo ist er?«
»Er steht fast hinter dir.«
»Der nervt, bitte bleib hier.«
Tyler zwang Josephine schnell ein Gespräch auf, aber der andere wich nicht von ihrer Seite. Irgendwann wurde es Tyler zu bunt: »Merkst du nicht, dass du störst?«
Der Kerl blieb seelenruhig stehen: »Das ist meine Dame für diesen Abend.«
Während Tyler anfing zu lachen, fand Josephine es nicht sehr lustig, drehte sich um und sagte dem Kerl ihre Meinung: »Du bist ja ganz nett, aber wenn ich das Bedürfnis gehabt hätte, dass wir heute Abend mehr Zeit miteinander verbringen, dann wäre ich bei dir geblieben, aber ich bin gegangen, und was sagt uns das?«
»Du weißt nicht, was dir entgeht.«
»Ich möchte es auch gar nicht erst wissen.«
»Frauen wie dich gibt es wie Sand am Meer, aber Männer wie mich nur einmal!« Der Kerl zog ab, und Tyler merkte, dass Josephine das nicht so lustig fand.
»Sei froh, dass der Affe weg ist.«
»Bin ich auch.«
»Außerdem gibt es Frauen wie dich nicht oft, denn du bist die Einzige, die jetzt mit mir zu diesem Lied tanzen möchte.«

Er zog sie mit auf die Tanzfläche, und sie tanzten mit Jason und George, bis der Club schließen wollte. Sie nahmen sich gemeinsam ein Taxi, und jeder wurde nach Hause gefahren. Josephine fiel kaputt, aber fröhlich ins Bett, und auch Tyler schien nicht unglücklich über den Verlauf des Abends zu sein, nur Jason und George waren von dem Verlauf enttäuscht, denn sie hatten ihr Ziel verpasst.

Am nächsten Morgen beschloss Josephine, nachdem sie ausgeschlafen hatte, einen Entspannungstag einzulegen. Das hieß ausgiebiges Frühstück, danach lange baden, Joggingganzug anziehen und dann alle Soaps im Fernsehen angucken. Es war wunderbar erholsam, und Josephine genoss es in vollen Zügen, allerdings verspürte sie den ganzen Tag schon den Drang, Tyler anzurufen, doch dafür war sie zu schüchtern, also entschloss sie sich, eine SMS zu schreiben.
Doch was schreibt man, was zwar nett, aber nicht zu offensichtlich ist? Sie überlegte eine ganze Weile, kam schlussendlich zu einem Ergebnis: »Na du, schon wach? Ich fand es gestern Abend sehr schön. Was machst du Schönes? Bist du mit deiner Dame verabredet? Ich gammele so vor mich hin, das ist echt spannend!« Abgeschickt.
Nun hieß es auf Antwort warten. Doch Tylers Antwort ließ nicht lange auf sich warten: »Ich muss dich enttäuschen, meine Traumfrau von gestern ist leider immer nur in Gedanken bei mir. Ich spiele mit einem Kumpel Basketball. Man muss ja attraktiv bleiben.«
Josephine musste zwar schmunzeln, als sie den Text las, aber dass er diese Tussi »Traumfrau« nannte, fand sie nicht gut, dennoch schrieb sie zurück: »Mein Sofa findet mich nach wie vor sehr attraktiv, auch wenn ich mich nicht sportlich betätige. Dann wird das Sofa heute aber auch mein einziger Gesprächspartner sein.«

Es dauerte keine fünf Minuten und sie hatte eine neue SMS: »Ich habe nicht gesagt, dass ich den ganzen Tag Basketball spiele.«
Natürlich antwortete Josephine sofort: »Du musst dich bestimmt noch dehnen, duschen, ausruhen und dann mit deiner Traumfrau treffen.«
Das konnte Tyler nicht auf sich sitzen lassen: »Ich könnte mich zwar beeilen und ganz spontan in deine Richtung fahren, aber ich möchte nicht, dass dein Sofa eifersüchtig wird.«
Josephine gefielen seine SMS. »Ich habe mit meinem Sofa eine unerbittliche Diskussion geführt, aber für dich macht es eine Ausnahme. Wann treffen?«
Tylers SMS: »Gegen 16 Uhr bei dir, und ich bedanke mich schon einmal im Voraus bei deinem Sofa.«
Nun musste Josephine sich noch etwas zurechtmachen. Da es draußen warm war, konnte sie ganz geschickt ein Sommerkleid anziehen. Fand Tyler die Tussi aus dem Club wohl wirklich toll? Sie wusste es nicht, wurde aber etwas nervös.
Um sich die Zeit bis zum Treffen zu vertreiben, goss sie die Blumen, sortierte das Geschirr ein, und dann endlich das lang ersehnte Klingeln. Es war natürlich niemand anderes außer Tyler. Josephine öffnete die Tür und fand, dass er verdammt gut aussah.
»Hi, komm rein.«
»Aber nur, wenn dein Sofa mich nicht beißt.«
»Keine Sorge, ich habe es angeleint.«
Sie blödelten wie immer nur herum, doch dann fand Tyler, dass sie das gute Wetter nutzen sollten: »Wie wäre es, wenn wir ein Eis essen gehen? Die Sonne scheint so schön, das sollten wir uns nicht entgehen lassen.«
»Gute Idee.«
Sie machten sich auf den Weg, setzten sich in eine niedliche, kleine Eisdiele. Josephine musste endlich wissen, was mit dieser Tussi war! »Hast du deine Traumfrau denn schon angerufen?«
»Warum? Ich bin doch mit ihr beim Eisessen.«

»Du bist heute ja an Witz kaum zu überbieten!«
»Ich weiß.«
»Nein, ich meine die nette Dame von gestern Abend.«
»Nein, meine Mutter hat die Hose gewaschen, und da war leider die Telefonnummer drin.«
»Ich dachte, du wohnst alleine.«
»Ja, und die Hose hängt zum Auslüften auf der Wäscheleine, aber ich finde, die Ausrede klingt unheimlich gut.«
Josephine freute sich sehr darüber, ließ sich aber nichts anmerken.
»Würde es dir etwas ausmachen, wenn ich den nächsten Programmpunkt bestimme? Vorausgesetzt, du hast noch Zeit.«
»Ich habe alle Zeit der Welt. Was hast du denn vor?«
»Es gibt da eine ganz tolle Komödie im Kino, aber keiner möchte sich die mit mir ansehen.«
»Und da dachtest du dir, weil Tyler ja so witzig ist, guckt der bestimmt gerne Komödien.«
»So ungefähr.«
»Können wir gerne machen. Die Zeit müsste auch passen. Es ist ja fast halb acht.«
Sie gingen zum Kino, kauften Karten und Popcorn und hatten beim Film viel zu lachen. Als der Film vorbei war, hatten beide aber keine Lust, sich schon zu trennen.
Tyler hatte eine Idee. Er nahm Josephine an die Hand und zog sie mit. »Wo willst du hin?«
»Das wirst du gleich sehen.«
Sie gingen ein Stück, und dann sollte Josephine warten. Tyler holte aus einer kleinen Bar zwei Cappuccino zum Mitnehmen und drückte Josephine einen in die Hand.
»Das ist deine Überraschung?«
»Nein, das ist die Wegverpflegung.«
»Das verstehe ich nicht.«
»Ich dachte mir, weil die Nacht so schön ist, gehen wir zu Fuß zurück zu deiner Wohnung.«
»Die Idee gefällt mir.«

Sie schlürften ihren Cappuccino und schlenderten durch die Straßen von New York. Es war schön, beide fühlten sich wohl und waren glücklich, doch dann waren sie bei Josephines Wohnung angekommen. Tyler wollte nicht unhöflich erscheinen und machte keine Anstalten, noch mit raufzukommen. Josephine bedauerte das sehr, gab sich aber einen Ruck und bat ihn darum. Er sagte natürlich nicht nein. Es knisterte zwischen den beiden, und ganz allmählich schienen sie es auch zu kapieren. Nach dem Spaziergang hatten sie sich etwas Erholung verdient. Sie holten eine Flasche Wein, machten es sich auf dem Sofa bequem und schauten »König der Löwen« auf Video.
Josephine liebte diesen Film, weil er alles hatte: Freundschaft, Liebe, Dramatik, sie hatte ihn ganz oft nach dem Tod ihrer Eltern geguckt.
Erst saßen beide starr nebeneinander, doch dann änderte Josephine ihre Sitzposition und lehnte sich vorsichtig an Tyler an, und er legte sanft seinen Arm um sie. Josephine hätte ewig so liegen können, es war so schön, doch der Film war zu Ende. Tyler löste sich als Erster aus der Situation: »Ich bin ein bisschen müde. Ich sollte mich so langsam auf den Weg nach Hause machen.«
Josephine war enttäuscht: »Reisende soll man nicht aufhalten.« Sie stand auf und brachte ihn zur Tür. Tyler merkte, dass Josephine nicht begeistert schien. »Ich fand den Abend sehr schön.«
»Ich auch.« Sie war kurz angebunden.
»Ich hab mich auch sehr über deine SMS gefreut, hatte ich nicht mit gerechnet.«
»Mir war einfach danach.«
Tyler grinste, beugte sich zu Josephine und gab ihr einen Kuss. Sie war sichtlich irritiert und überrumpelt, aber auch glücklich und erleichtert, dass endlich das Eis gebrochen schien.
»Mir war einfach danach.«
»Machst du immer das, wonach dir gerade ist?«
»Nein, nicht immer.«

Sie lächelte ihn an, und beide waren glücklich. Sie gingen Schritt für Schritt von der Tür wieder zurück ins Wohnzimmer und legten sich aufs Sofa. Josephine hatte richtig Kribbeln im Bauch. Tyler konnte gut küssen! Sie vergaßen komplett die Zeit um sich herum.
Gegen 5 Uhr morgens musste sich Tyler dann allerdings wirklich auf den Weg machen. Josephine fiel glücklich und zufrieden auf ihr Bett, konnte allerdings nicht einschlafen. Waren sie jetzt zusammen? War es nicht zu früh für eine neue Beziehung? Doch sie war glücklich, und das war doch das Wichtigste. Bevor sie ernsthaft versuchte zu schlafen, schrieb sie Tyler noch eine SMS: »Ich bin zwar jetzt sehr glücklich, aber es ist die erste Nacht in meiner neuen Wohnung, in der ich mich einsam fühle.«
Es dauerte ein bisschen, bis Tyler zurückschrieb: »So, bin jetzt auch endlich zu Hause. Wäre auch lieber bei dir. Schlaf trotzdem gut. Ich melde mich morgen.« Danach schlief Josephine beruhigt ein.
Am nächsten Morgen wurde Josephine vom Klingeln geweckt. Sie hoffte natürlich, dass es Tyler war, und öffnete die Tür mit einem strahlenden Lächeln.
»Ach so, du bist es. Komm rein!« Es war Jason.
»Täusche ich mich, oder klingst du irgendwie enttäuscht? Hast du jemanden erwartet?«
»Nein, wen sollte ich denn erwarten? Schön, dass du da bist!«
»Du siehst so kaputt aus, hattest du eine kurze Nacht?«
»Nein, das sind noch Nachwirkungen von Freitag. Ich bin es halt nicht mehr gewohnt auszugehen.«
Sie machten sich Frühstück, und Jason konnte es nicht lassen und fragte Josephine ständig wegen Tyler aus, doch sie behielt ihr kleines Geheimnis für sich.

Zur selben Zeit in einem anderen Viertel von New York stattete George Tyler einen spontanen Frühstücksbesuch ab und wollte

mit ihm über Josephine diskutieren. Tyler fand es sehr lustig, aber auch er verriet nichts.
Nachdem George weg war, rief Tyler Josephine an: »Bist du alleine?«
»Ja, wer sollte da sein?«
»Hattest du keinen Gast zum Frühstück?«
»Doch, du auch?«
»Hat dich Jason zufällig etwas über mich ausgequetscht?«
»George hat dir bestimmt auch seine diskreten Fragen gestellt.«
»George doch nicht.«
»Was hast du gesagt?«
»Nichts.«
»Wie – nichts?«
»Na, nichts von uns.«
»Da bin ich beruhigt. Ich habe auch nichts gesagt. Sie müssen ja nicht alles wissen, und ihre Verkupplungsversuche sind wirklich süß.«
»Ich bin gespannt, was sie sich als Nächstes einfallen lassen.«
»Wir werden es sehen. Hast du heute noch Zeit?«
»Ich muss dich enttäuschen, aber ich bin schon verabredet.«
»Mit wem?«
»Dem Mädel aus dem Club.«
»Du verarscht mich!«
»Natürlich. Ich treffe einen Arbeitskollegen. Wir müssen noch eine Besprechung für morgen durchgehen.«
»Das klingt gut.«
»Du hast so viel Mitleid für mich, das ist schön.«
»Ich finde das Treffen auch viel sinnvoller, als dass du dich mit dieser Tussi triffst.«
»Das kann ich ja danach immer noch.«
»Das überlasse ich dir.«
»Ich rufe dich morgen wieder an, aber mein Kollege ist da.«
»Dann noch frohes Schaffen.«
Josephine kümmerte sich auch um ihre Arbeit, und dann war der Tag auch schon fast vorbei. Sie konnte gar nicht glauben,

dass sie wieder liiert war. Eigentlich wollte sie weder eine Beziehung noch Tyler, aber erstens kommt alles anders und zweitens, als man denkt.

Am Montag waren die süßen Stunden vom Wochenende aber wieder vergessen, und der Arbeitsalltag hatte sie wieder. Josephine rannte sich den ganzen Vormittag mit Mr. Smith die Hacken wund, bis sie endlich seine perfekte Location gefunden hatten. Nachmittags konnte sie sich dann die Finger wund telefonieren, bis sie alles geklärt hatte. Ein perfekter Start in die Woche.
Kurz vor Feierabend kam ihre Assistentin ins Zimmer: »Josephine, da ist ein Kunde für dich. Er hat sich nicht vorgestellt, möchte aber unbedingt zu dir.«
»Kannst du ihn nicht wegschicken?«
»Ich habe es versucht.«
»Okay, schick ihn rein, aber sag ihm, dass ich keine Zeit habe.«
Sie schickte ihn herein. »Du hast also keine Zeit für mich ...«
»Tyler! Was machst du denn hier?«
»Dich abholen? Du hast nämlich in genau 5 Minuten Feierabend.«
Josephine freute sich und begrüßte ihn mit einem dicken Begrüßungskuss. Punkt 17 Uhr eilte die Assistentin ins Zimmer. »Josephine, du hast genau jetzt Feiera...« Sie lief rot an. »Du hast mir wohl was verschwiegen. Ich wollte nicht stören.«
»Ich erzähle dir alles morgen und mach dann jetzt Feierabend.«
Sie grinsten, und Tyler und Josephine machten sich auf den Weg.
»Was möchtest du jetzt machen?«
»Ich weiß nicht, schlag' was vor!«
»Ich habe dich überrascht, jetzt bist du an der Reihe.«
»Du könntest mit mir noch einen kurzen Abstecher zu diesem exklusiven Einrichtungshaus machen. Die haben so viel reduziert, und danach kochen wir uns bei mir was.«
»Einverstanden.«

»Du bist der erste Mann, der freiwillig mit mir einkaufen geht.«
»Wird bestimmt auch das letzte Mal sein.«
Während Josephine sich mit dem Kaufen zurückhielt, kaufte sich Tyler eine Nachttischlampe, neue Handtücher und einen Wecker.
»Du bist der erste Mann, der mehr kauft als ich.«
»Die hatten aber wirklich schöne Sachen da und gar nicht so teuer.«
Sie kauften noch ein paar Lebensmittel, kochten zusammen, aßen, und dann musste Tyler wieder los. So verbrachten sie die meiste Zeit der Woche. Jeden Tag hatte Tyler eine Überraschung für Josephine oder Josephine eine Überraschung für Tyler. Sie gingen schwimmen, spielten Tennis zusammen, gingen essen, fuhren abends auf das Empire State Building, und beide gaben sich größte Mühe, vor lauter Liebe nicht die Arbeit zu vernachlässigen.

George und Jason plagten sich mit anderen Sorgen. Sie wollten ein gemeinsames Treffen organisieren, aber ihnen fiel nichts Gutes ein. Sie grübelten tagelang, aber es gab kein perfektes Date, um zwei Menschen zusammenzuführen. Nach einiger Zeit kamen sie mal wieder zu der Einsicht, dass es funkt, wenn es funkt, und zwar egal wo, und entschieden sich für Rollerbladen mit anschließendem Grillen.
Tyler und Josephine sagten zu und spielten ihre Rollen perfekt. Sie fuhren munter durch den Central Park, und ganz unauffällig ließen sich Jason und George ab und zu mal zurückfallen, weil sie ja sooo erschöpft waren! Es war sehr lustig.
Danach fuhren sie zu George, um zu grillen, und auch da war die Arbeitseinteilung gut eingefädelt. Jason und George grillten, während Tyler und Josephine sich um den Salat kümmerten. Es war wirklich niedlich, und beiden tat es fast schon Leid, George und Jason anzuschwindeln.

Am Ende des Abends fuhr jeder ganz artig in seine eigene Wohnung, und Jason und George gaben die Hoffnung auf. Aus den beiden würde nie ein Paar werden!
Sie ahnten ja nicht, dass Tyler eine andere Route einschlug und doch zu Josephine fuhr. Es sollte ja auch nicht auffallen.
»Du hast echt süße Freunde.«
»Die beiden geben wirklich alles. Allzu lange dürfen wir unser Geheimnis nicht mehr für uns behalten.«
»Stimmt. Wir haben die schon lang genug gequält.«
»Wie können wir es ihnen denn schonend beibringen?«
»Wie wäre es, wenn ich die beiden morgen zum Kuchenessen einlade, und ganz zufällig bist du dann auch da.«
»Keine schlechte Idee.«
Josephine schickte den beiden noch eine SMS, und beide sagten zu.
»Damit hätten wir das erledigt.«
»Wieso, was steht denn noch auf deiner Programmliste?«
»Weiß nicht.«
»Du grinst so dreckig, warum glaube ich dir nur nicht?«
»Weiß nicht.«
»Jetzt spuck schon aus. Was möchtest du?«
Josephine setzte sich auf Tylers Schoß und flüsterte es ihm ins Ohr: »Ich möchte, dass du heute Nacht bleibst.«
»Warum?«
»Du bist blöd. Warum wohl?«
»Du musst das nicht sagen, wenn du es nicht willst.«
»Ich sag es aber, weil ich es will.«
»Ich will nur, dass du dir sicher bist. Deine letzte Beziehung ist noch nicht lange her, und wenn es dir zu früh zu fest wird, dann verstehe ich das.«
»Ich will einfach nur, dass du bei mir bist. Mehr nicht!«
»Okay.«
»Nur weil du bei mir schläfst, heißt es nicht, dass wir miteinander schlafen.«
»Das ist mir wohl klar.«

Es war zwar nicht zwingend notwendig, dass die beiden miteinander schliefen, aber es kam, wie es kommen musste, und den Rest des Abends und der Nacht verbrachten sie in Josephines Schlafzimmer.
»Ich dachte, nur weil ich bei dir übernachte, heißt es nicht, dass ich mit dir schlafe.«
»Ich habe aber nie behauptet, dass das ausgeschlossen wäre. Oder hast du jetzt ein Problem damit?«
»Ja, ich finde es total furchtbar, mit einer attraktiven Frau Sex zu haben.«
»Du bist so lustig. Als Strafe darfst du jetzt auf dem Sofa übernachten.«
»Da lässt sich bestimmt ein lauschigeres Plätzchen finden.«
»Wie meinst du das?«
»Weiß auch nicht.«
»Du würdest jetzt also gleich direkt mit der nächstbesten ins Bett steigen.«
»Oh ja, ich hab's auch so nötig.«
»Mal ernst, würdest du wirklich?«
»Sehe ich so aus? Würdest du mir das zutrauen?«
»So gut kenne ich dich auch noch nicht.«
»Hab ich, seitdem du mich kennst, irgendwelche anderen Frauen angemacht oder damit geprahlt, dass ich eine tolle Liebesnacht hinter mir hatte?«
»Nein, aber vielleicht sagst du es auch einfach nur nicht.«
»Wenn aus uns was werden soll, dann musst du mir vertrauen.«
»Was soll denn aus uns werden?«
»Du kannst so anstrengend sein.«
»Du musst aber auch meine Macken tolerieren, wenn aus uns etwas werden soll! Es macht Spaß, dich zu ärgern, du guckst dann immer so süß.«
»Na, danke, ich will doch böse gucken, wenn mich jemand ärgert.«
»Dir kann man eben einfach nicht böse sein.«
»Daran erinnere ich dich bei Gelegenheit noch mal.«

Sie blödelten noch etwas und schliefen dann ein.
Morgens wurde Josephine eher wach als Tyler. Sie versuchte sich leise aus dem Zimmer zu schleichen, aber es gelang ihr nicht.
»Du schleichst so graziös wie ein Elefant!«
»Du hast dir soeben dein Frühstück im Bett verspielt.«
»Ich meinte das doch positiv. Elefanten sind so tolle und schöne Tiere.«
»Bei diesen Komplimenten war es deine erste und letzte Nacht bei mir.«
»Das wäre sehr schade, denn ich habe wirklich gut geschlafen.«
»Und geschnarcht.«
»Was? Nicht ehrlich, oder?«
»Doch.«
»Oh, mein Gott, wie peinlich. Ich schnarche sonst wirklich überhaupt nicht.« Während Tyler rot wurde vor Scham, fing Josephine an zu lachen.
»Du hast mich reingelegt, oder? Sag bitte, denn das wäre mehr als nur peinlich.«
Josephine setzte sich zu ihm aufs Bett: »Nein, du hast keine Geräusche von dir gegeben.«
»Nein, sei ganz ehrlich.«
»Du hast wirklich nicht geschnarcht. Wäre das denn so schlimm?«
»Schlimm? Das wäre die Katastrophe. Stell dir das doch mal vor. Du verbringst eine nette Nacht mit einem netten Mann, und dann schnarcht der so laut, dass du kein Auge zukriegst. Das wäre doch die Hölle!«
»Dann wärst du noch nicht einmal One-Night-Stand-tauglich.«
»Doch, aber dann müsste ich nur ganz früh vor dem Frühstück gehen.«
»Apropos Frühstück. Möchtest du davor oder danach gehen?«
»Ach, ich bin auch nur ein Mann für eine Nacht für dich, oder wie soll ich das verstehen.«

»Nein, du darfst Mann für eine Nacht und den Morgen danach sein.«
»Nein, so einfach geht das nicht. Schließlich hast du ja Erfahrungen auf dem Gebiet.«
»Du doch auch.«
»Ich war jung und hatte keine andere Wahl, und das tut jetzt auch nichts zur Sache.«
»Also, für dich zum Mitschreiben: Ich bin kein Fan von One-Night-Stands, und du bist für mich der Mann für eine Nacht, die Nacht danach, die Nacht danach und so weiter. Verstanden?«
»Und was war mit dem Morgen?« Er zog Josephine zu sich ins Bett, und dort blieben sie auch ein Weilchen.
»Tyler, wir müssen aufstehen, denn Jason und George kommen gleich, und wir müssen noch backen.«
»Hast du die Zutaten denn schon?«
»Nein, die müssen wir einkaufen.«
»Das wird knapp. Ich mache dir einen Vorschlag. Ich gehe die Sachen einkaufen, wenn du mir danach eine Dusche gewährst.«
»Die kannst du auch so kriegen.«
»Nein, dann machst du dich erst fertig, ich kaufe kurz ein, und dann mache ich mich fertig, und du fängst an zu backen.«
Josephine huschte unter die Dusche und schickte Tyler mit dem Einkaufszettel los. Er war schnell, und als sie fertig war, hatte er eingekauft, Tee gekocht und sogar an Brötchen gedacht. Josephine packte aus, als Tyler duschte. Er hatte ihr sogar ein herzförmiges Erdbeertörtchen vom Bäcker mitgebracht. Er war so süß.
Josephine fing an zu backen, schob den Kuchen und die Muffins in den Ofen und hatte danach noch Zeit, mit Tyler zu frühstücken.
»Ich bin nervös, wie sie reagieren!«
»Es wird schon werden.«
»Ja, aber Jason ist immer skeptisch, wenn ich ihm einen neuen Freund vorgestellt habe.«

»Aber mich kennt er doch.«
»Das macht die Sache nur noch schlimmer.«
»Warte ab, es wird gut gehen.«
»Meinst du, ich sollte es Jason vielleicht zuerst sagen?«
»Er ist schließlich dein Bruder.«
Sie deckten den Tisch, holten die Kuchen aus dem Backofen, bereiteten alles vor, und dann waren Jason und George auch schon da. Tyler und George setzten sich gleich an den Tisch, während Jason Josephine in der Küche helfen sollte. »Es ist doch alles vorbereitet. Was soll ich helfen?«
»Ich muss dir was sagen.«
»Das klingt aber kritisch.«
»Im Prinzip ist es schön, aber ich weiß nicht, wie du darauf reagierst.«
»Sag es mir, und du wirst meine Reaktion sehen.«
»Ich bin mit Tyler zusammen, und das seit einer Woche.«
»Und ihr habt uns nichts gesagt?«
»Bis jetzt nicht.«
»Wir geben uns noch solche Mühe! Ihr seid ziemlich hinterhältig.«
»Aber ihr habt euch wirklich ins Zeug gelegt, das war total süß.«
»Es ging relativ schnell mit euch.«
»Das ist nicht das Problem. Mich beunruhigt eher, dass es so schnell nach der Trennung von Daniel passiert ist.«
»Die Hauptsache ist, dass du glücklich bist. Das bist du doch?«
»Sehr sogar. Er ist total lieb.«
»Da hast du wirklich einen feinen Fang gemacht.«
»Du kennst ihn länger als ich. Meinst du, er meint das ernst?«
»Oh ja. Er hat mir eher als du gesteckt, dass er sich in dich verliebt hat.«
»Du hast mir nie was davon erzählt!«
»Er ist mein Freund.«
»Okay.«
»Wir sollten George auch mal einweihen.«

Jason und Josephine gingen zurück. Tyler hatte noch nichts gesagt, und Jason übernahm es für ihn: »George, du wirst es nicht glauben, aber meine Schwester schläft mit meinem besten Freund.«
Josephine und Tyler wurden leicht rot.
»Wie jetzt? Zwischen euch läuft was, und unser Einsatz war ganz umsonst?«
»Umsonst bestimmt nicht, aber wir haben den letzten Schritt alleine gemacht.«
»Seit wann?«
»Seit ziemlich genau einer Woche.«
»Und wir grübeln und planen! Aber ich freue mich für euch.«
Es war eine komische Situation, und Josephine bekam das Gefühl nicht los, dass Jason doch nicht ganz einverstanden war. Als sie abräumten, sprach sie ihn darauf an: »Was ist los? Du bist so komisch.«
»Es ist nichts.«
»Okay, der Satz sagt alles. Spuck es aus! Es hat mit Tyler und mir zu tun.«
»Ja, in gewisser Weise schon. Es klingt doof, aber ich bin eifersüchtig.«
»Warum das denn?«
»Du bist meine Schwester, Brüder haben diesen Beschützerkomplex, und ich will nicht, dass du verletzt wirst.«
»Es gibt nie eine Garantie, dass alles glatt geht, aber ich muss es doch ausprobieren.«
»Ich weiß, und er wird dir nicht weh tun, das weiß ich ja alles, aber es ist ein komisches Gefühl. Ich denke immer, ihr wollt lieber alleine sein, und so weiter.«
»Wir haben vorher was zu viert unternommen, ich will auch mal nur was mit dir unternehmen, das wird sich nicht ändern, nur dass ich ab und zu auch mal was mit Tyler unternehme. Genau wie du auch.«
»Du musst dich nicht rechtfertigen. Ich freue mich doch für dich.« Er nahm Josephine in den Arm, gab ihr einen Kuss auf

die Stirn, und sie gingen wieder zu den anderen. Tyler und Josephine fühlten sich in ihren Rollen auch noch nicht wohl und gingen auf Distanz. Keiner nahm vom anderen die Hand, sie guckten sich kaum an, und an einen Kuss war gar nicht erst zu denken. Es brauchte einfach noch seine Zeit.
Abends gingen die vier zusammen ins Kino und danach in eine Kneipe. Sie erzählten, hatten Spaß, es war wie immer, und jeder war froh, dass es kein Geheimnis mehr zwischen ihnen gab. Der einzige Unterschied zu sonst war, dass Tyler und Josephine diesmal zusammen und nicht getrennt weggingen.

Die nächsten Tage und Wochen verliefen für Josephine wie im Traum. Mit ihrer Arbeit waren alle sehr zufrieden, der Auftrag von Mr. Smith verlief so gut, dass sie danach sogar eine kleine Gehaltserhöhung bekam, und am wichtigsten für sie war, dass sie mit Tyler glücklich war. Sie sahen sich so oft es ging, aber sie schafften es auch, genug Zeit für ihre Freunde und Familie zu finden. Natürlich gab es auch kleine Streitereien und Irritationen.
Einmal rief Josephine Tyler an, und es meldete sich eine Frau am Telefon, das war schon sehr komisch, aber Tyler erklärte ihr, dass es eine Arbeitskollegin von ihm war und sie den Hörer abgenommen hat, weil er auf Toilette war. Auch Jason bestätigte, dass sie mit der zusammenarbeiteten, Josephine war beruhigt.
Einmal waren Tyler, Josephine, Jason und George in Clubs unterwegs und trafen auf Josh. Josephine redete erst ganz normal mit ihm, hörte sich sein Leid an, weil er mit seiner Freundin Schluss gemacht hatte, und dann stellte sie ihm Tyler vor. Es war eine richtige Genugtuung, auch wenn sie ihn mochte.
Daniel war der Einzige, der nichts von Josephines neuem Glück wusste, und darüber war sie sehr froh, denn sie wollte nicht, dass er dachte, sie würde sich mit dem Erstbesten über ihn hinwegtrösten. Jason hatte noch Kontakt zu Daniel, sagte ihm zwar nichts über Tyler und Josephine, fand aber, dass es Daniel wie-

der besser ginge, und war sich sicher, dass er über die Trennung hinweg war. Doch Josephine war froh, dass Daniel nichts ahnte, und er sollte es auch von ihr und sonst niemandem erfahren.
An einem Nachmittag hatten sich Tyler und Jason zum Basketballspielen getroffen, aber Jason war nicht ganz bei der Sache.
»Willst du eine Pause machen?«
»Ja, das wäre mir ganz recht.«
Sie setzten sich auf eine Bank, tranken etwas Wasser, und Jason rückte mit seinem Problem heraus: »Was würdest du tun, wenn Josephine New York verlassen würde?«
»Es wäre noch zu früh, um mit ihr mitzugehen, aber ich würde probieren, dass wir eine Fernbeziehung hätten. Käme natürlich auch auf die Distanz an. Wieso? Geht sie etwa?«
»Nein, aber Nancy kommt nicht mehr zurück. Sie möchte in Neuseeland bleiben und will, dass ich zu ihr ziehe.«
»Und was willst du?«
»So genau weiß ich das nicht, aber ich ziehe es in Erwägung, wegzugehen.«
Tyler war geschockt: »Aber du hast doch deinen Job, deine Freunde, deine Familie hier! Das kannst du doch nicht einfach aufgeben!«
»Das weiß ich, aber ich habe nicht ein Jahr gewartet, um die Frau, die ich liebe, einfach aufzugeben. Das kann ich nicht! Wir hätten dieses Jahr nicht überstanden, wenn unsere Liebe nicht stark genug wäre. Ich will sie nicht verlieren.«
»Das kann ich verstehen. Ich bin aber auch der Meinung, dass du nichts überstürzen solltest. Das ist eine wichtige Entscheidung, und du kannst sie nicht einfach rückgängig machen. Überlege es dir gut. Es gibt doch so viel, was für New York spricht.«
»Ich werde es gut überdenken, aber du musst mir einen Gefallen tun.«
»Klar, was?«
»Du darfst Josephine nichts sagen. Noch nicht einmal eine Andeutung machen. Für sie würde eine Welt zusammenbrechen.«

»Du kannst dich auf mich verlassen.«
Sie spielten noch ein bisschen, und dann verabschiedete sich Jason und betonte noch mal, dass Tyler und George die Ersten wären, die von seiner Entscheidung hören. Das beruhigte Tyler natürlich auch nicht. Er wollte nicht, dass sein bester Freund so weit wegzieht, und vor allem hatte er ein schlechtes Gewissen, weil er Josephine zwar nicht direkt anlog, aber ihr was Wichtiges verschwieg. Doch Jason war sein Freund, er hatte es versprochen, und vielleicht würde Jason ja in New York bleiben und die ganze Aufregung wäre umsonst gewesen.
Als er abends zu Josephine fuhr, ließ er sich nichts anmerken, und sie verbrachten einen schönen Abend, aber er konnte nicht leugnen, dass es ihm schwer fiel, ihr nichts zu sagen. Wenigstens konnte er mit George, der es schon von Jason wusste, darüber reden, denn es beschäftigte auch ihn.
Es verging ungefähr eine Woche, dann lud Jason Tyler und George in eine Kneipe ein. Beide wussten, was diese Einladung bedeuten könnte, und ihnen war mulmig zumute. Jason war schon da, als sie kamen, und seine Miene verriet alles. Tyler wusste, was Jason sagen wollte, und nahm es ihm vorweg: »Du verlässt uns also.«
»Ja. Die Entscheidung ist mir echt nicht leicht gefallen, aber es ist das Beste so.«
»Bist du dir sicher? Du hast doch alles hier, was du brauchst.«
»Nicht ganz. Nancy würde fehlen. Außerdem kann ich es nicht mehr rückgängig machen. Ich habe bereits meine Wohnung und meinen Job gekündigt.«
»Warum? Überstürzt du das nicht etwas?«
»Nein, weil ich in vier Wochen nicht mehr hier bin. Für meine Wohnung muss ich einen Nachmieter finden, auf der Arbeit habe ich den ganzen Urlaub eingereicht und bin ab nächster Woche da weg.«
»Aber wie willst du so schnell alles in Neuseeland regeln?«

»Das macht Nancy. Sie hat schon eine Wohnung für uns beide und selbst einen gut bezahlten Job. Ich werde da auch schon was finden.«
George und Tyler waren nicht glücklich darüber: »Du wirst uns fehlen.«
»Ihr mir auch. Noch ist alles so weit weg für mich, und ich kann nicht glauben, dass ich in vier Wochen von hier weg sein soll.«
»Du wirst uns eher wiedersehen, als dir lieb ist. Ich wollte schon immer mal nach Neuseeland.«
»Weiß Josephine es schon?«
»Nein, und ich habe keine Ahnung, wie ich es ihr sagen soll. Aber nach wie vor, sie erfährt es von mir und sonst von niemandem!«
»Sag es ihr aber schnell. Das wird ein harter Schlag für sie.«
»Ich weiß, aber ich muss den richtigen Moment abpassen. Sie wird es zwar so oder so nicht verstehen, aber vielleicht kann es ihre Wut ja mildern.«
Die Jungs erzählten noch etwas, und dann machte sich Jason auf den Weg. Er hatte noch viel zu erledigen in den nächsten Tagen und Wochen. Tyler wollte eigentlich zu Josephine, hielt es aber für keine gute Idee, weil sie gemerkt hätte, dass etwas nicht stimmt. So beschloss er, mit George noch zu sich zu gehen.
Von da aus rief er Josephine an.
»Hey, wo bleibst du? Ich warte schon seit Stunden.«
»Es tut mir Leid, aber ich kann nicht.«
»Warum?«
»Mir geht's nicht so gut. Ich habe tierische Kopfschmerzen und will nur noch schlafen.«
»Okay, ausnahmsweise, aber morgen hast du keine andere Chance, egal ob Kopfschmerzen oder nicht.«
»Da habe ich nichts dagegen.«
»Dann erhole dich.«
»Mach ich.«

Tyler ging zu George, und der merkte, dass es ihm ziemlich schlecht ging. »Alles okay mit dir?«
»Ich komme mir vor, als würde ich sie betrügen. Sie sollte wissen, dass Jason geht. Sie ist seine Schwester.«
»Er wird es ihr sagen. Muss er ja.«
»Schon, aber ich weiß es und sage ihr gar nichts. Das ist doch unfair.«
»Du hast es Jason versprochen.«
»Daran werde ich mich auch halten, aber es ist nicht so einfach.«
»Das verstehe ich. Ich kann wirklich nicht glauben, dass er geht.«
»Ich auch nicht.«
»Findest du es nicht mutig, dass er alles wegen einer Frau riskiert?«
»Schon, aber sie kennen sich doch schon eine Ewigkeit und sind sich bewusst, auf was sie sich da einlassen.«
»Aber es geht so schnell. Vier Wochen! Das ist kein Monat mehr.«
»Wir müssen halt versuchen, das Beste aus der Situation zu machen und ihm zu helfen, wo wir können.«
»Wir könnten ihm auf jeden Fall bei der Suche nach einem Nachmieter helfen, obwohl das nicht so schwer sein sollte.«
»Wir bekommen bestimmt genug zu tun.«

Jason plante alles bis ins Detail. Er telefonierte mit Maklern, machte Besichtigungstermine für seine Wohnung, organisierte Umzugshelfer, die seine Möbel und seine Sachen nach Neuseeland brachten und packte schon einmal alles fein säuberlich zusammen. Josephine durfte ab jetzt nicht mehr in seine Wohnung kommen, denn ansonsten hätte sie sofort gewusst, was los ist.
Tyler hoffte jedesmal, wenn er Josephine traf oder sie besuchte, dass Jason es ihr endlich gesagt hätte, aber vergebens. Ihm machte die Situation zu schaffen, und deswegen übte er Druck

auf Jason aus. »Du musst es ihr endlich sagen! Du gehst in drei Wochen, und sie hat ein Recht darauf, es zu erfahren.«
»Ich weiß nicht, wie ich es ihr sagen soll.«
»Je länger du wartest, desto schlimmer wird es. Ruf sie an und verabrede dich mit ihr! Du kannst nicht planen, wie du es ihr sagst, das kannst du nur spontan machen.«
Jason rief zähneknirschend bei Josephine an und sagte, dass er Sonntag zum Frühstück vorbeikommen würde. Josephine ahnte nichts Böses, aber Jason hatte einen riesigen Knoten im Bauch und Angst vor ihrer Reaktion. Tyler war froh, dass endlich Bewegung in die Sache kam, auch wenn er wusste, dass Josephine sehr unter der Situation leiden würde.
Dann war endlich Sonntag. Jason klingelte zum ersten Mal ungern bei seiner Schwester.
»Hi, komm rein! Ich hab schon alles vorbereitet.«
Sie setzten sich an den Tisch. Jason tat so, als wäre nichts, und sie unterhielten sich ganz normal. Doch Josephine war misstrauisch: »Du isst so wenig, alles okay mit dir?«
»Ja, mir geht's gut.«
»Jason, was ist los? Du benimmst dich heute so anders.«
»Ich muss dir was sagen.«
»Wenn es weiter nichts ist, sprich dich aus!«
»Du musst mir versprechen, dass du dich nicht aufregst.«
»Versprochen, also?«
»Ich gehe aus New York weg.«
Josephine ließ ihr Brötchen vor Schreck fallen, und Jason wusste, dass seine Offenbarung taktisch nicht sehr klug und auch nicht so einfühlsam war, wie er es sich erhofft hatte.
»Wiederhole das bitte!«
»Ich ziehe weg.«
»Und wohin, wenn man fragen darf?«
»Zu Nancy nach Neuseeland.«
»Ach, schön, dass du mir das mal eben so beim Frühstück sagst! Ich meine, es ist ja auch kein bedeutender Umzug. Wir wohnen ja praktisch nach wie vor Tür an Tür.«

»Du wolltest dich nicht aufregen.«
»Und du hast mir mal versprochen, dass du für mich da bist.«
»Das bin ich auch immer noch, wir sind ja nur räumlich getrennt.«
»Wie lange weißt du es schon?«
»Schon ein bisschen.«
»Wann gehst du?«
»In drei Wochen bin ich weg.«
Josephine kochte vor Wut und stand auf: »Warum? Sag mir einfach, warum! Denn ich verstehe es nicht.«
»Weil ich Nancy liebe. Ganz einfach.«
»Wenn sie dich lieben würde, dann wäre sie zurückgekommen. Auch ganz einfach.«
»Sie will aber nicht zurückkommen.«
»Ach ja, und dann spielst du mal eben Hündchen und springst, wenn sie pfeift. Du weißt, was du alles aufgibst, oder?«
»Die Entscheidung fiel mir nicht leicht.«
»Schön, dass du mich gar nicht erst nach meiner Meinung gefragt hast.«
»Ich wollte dich nicht damit belasten.«
»Wunderbar, es belastet mich auch kein Stück, dass du mich vor vollendete Tatsachen stellst.«
»Ich wusste nicht, was ich machen sollte.«
»Jason, in der letzten Zeit haben wir uns so gut verstanden, du bist so wichtig für mich, und ich dachte, dass wir übers Vertrauen nicht mehr diskutieren müssten.«
»Ich vertraue dir doch.«
»Das merke ich.«
»Ich wollte dich nicht verletzen.«
»Wer weiß es noch außer mir?«
»Mein Arbeitgeber und mein Vermieter, weil ich gekündigt habe, und meine Freunde.«
»Seit wann wissen sie es?«
»Seit ungefähr einer Woche.«
»Tyler?«

»Auch.«
»Auf einen Bruder, der mir nicht vertraut, mich belügt und mir kurzerhand mitteilt, dass er mal eben in ein ganz anderes Land zieht, kann ich verzichten. Bitte geh jetzt!« Josephine räumte die Teller zusammen und fing an abzuwaschen.
»Das ist jetzt nicht dein Ernst.«
»Da ist die Tür.«
»Jetzt lass uns vernünftig darüber reden!«
»Das hättest du dir vorher überlegen müssen. Geh jetzt bitte!« Jason hatte keine andere Wahl und ging. Als die Tür ins Schloss fiel, sank Josephine zu Boden und ließ ihren Tränen freien Lauf. Es hätte alles passieren dürfen, aber nicht, dass Jason wegzieht. Er war seit dem Tod ihrer Eltern das Einzige, was sie noch an Familie hatte. Er war der Teil, mit dem sie Weihnachten und die Geburtstage feierte, sie konnte immer zu ihm gehen, wenn sie was bedrückte, er war immer für sie da, und er war ein ganz wichtiger Grund, warum sie sich in New York so geborgen fühlte. Er durfte nicht gehen! Die Nachricht warf sie völlig aus der Bahn. Sie liebte ihn, und sie brauchte ihn, mehr als irgendjemanden sonst. Natürlich war ihre Enttäuschung, dass er es ihr erst so spät sagte, sehr groß. So hätte er sich nicht verhalten dürfen.
Dann klingelte es an der Tür, aber es war nicht Jason, der zurückgekommen war, sondern Tyler. Josephine hatte zwar keine Lust, jemanden zu sehen, doch sie hatte ihm etwas zu sagen.
»Hat Jason es dir gesagt?«
»War es schön für dich zuzusehen, wie ich dumm, dämlich und naiv mal wieder von nichts wusste?«
»Jetzt beruhige dich erst einmal, ich weiß, dass das schwer für dich ist.«
»War es schön für dich, habe ich gefragt!«
»Natürlich nicht, aber Jason ist mein Freund. Was sollte ich denn machen?«
»Mich nicht belügen!«
»Ich konnte ihm doch nicht in den Rücken fallen.«

»Aber mir?«
Tyler schwieg.
»Eine Beziehung basiert auf Ehrlichkeit und Vertrauen, und das ist bei uns beides nicht vorhanden.«
»Was soll das?«
»Nimm deine Sachen und geh!«
»Meinst du nicht, du übertreibst?«
»Du hast mich eine Woche angelogen, und du wusstest, wie ich reagieren würde, also sag mir bitte nicht, dass ich übertreibe.«
»Okay, es war ein Fehler, dir nichts zu sagen, aber das musste dir Jason selbst sagen.«
»Wie schön, dass du einsiehst, dass es ein Fehler war, allerdings einer, den ich dir nicht verzeihen werde. Nimm deine Sachen und geh zu meinem ach so tollen Bruder. Ich brauche niemanden, der mich belügt und mich absichtlich ins offene Messer laufen lässt. Das kannst du ihm auch ausrichten, und wünsche ihm einen guten Flug!«
»Das kannst du jetzt nicht ernst meinen.«
Josephine öffnete die Tür: »Ich war mir noch nie so sicher.«

Tyler ging, Josephine war fest entschlossen, es hatte keinen Sinn, auf sie einzureden. Sein erster Weg führte direkt zu Jason.
»Hat sie dich auch rausgeschmissen?«
»Ja, und ich soll dir sagen, dass sie jemanden wie uns nicht in ihrem Leben braucht.«
»Sie war schon immer dramatisch, das legt sich.«
»Du hättest ihren entschlossenen Blick sehen sollen! Das legt sich nicht.«
»Es tut mir Leid, dass ich dich mit reingezogen habe.«
»Ist schon gut, es konnte ja keiner ahnen, dass die Situation so eskaliert.«
»Was machen wir jetzt?«
»Wenn ich das wüsste! Sie lässt niemanden an sich heran.«
»Soll ich sie anrufen?«
»Nicht jetzt. Dafür ist sie noch viel zu sauer.«
»Ich hätte es ihr früher sagen sollen.«
»Vielleicht.«
Jason versuchte später Josephine anzurufen, Tyler schickte ihr SMS, aber keine Reaktion.

Josephine lag auf ihrem Sofa, ignorierte das Klingeln ihres Telefons, die SMS löschte sie ungelesen. Sie hatte an einem Tag alles verloren, was ihr wichtig war. Am liebsten würde sie diesen Tag ungeschehen machen, und alles wäre so wie vorher, aber Josephine wusste, dass es dafür zu spät war. Doch sie war nicht nur traurig, sondern sauer – und wie! Sie versuchte sich selbst Mut zu machen. Sie brauchte weder Jason noch Tyler. Sie machten sie auch nicht glücklich, sondern das Gegenteil trat ein. Wegen wem saß sie da und heulte? Wer würde sie alleine lassen, und wer hatte sie bewusst belogen? Josephine war sich sicher, dass sie es auch alleine schaffen würde, und konnte im Prinzip doch froh sein, zwei Probleme weniger zu haben.
Josephine handelte wie gewohnt, stürzte sich in die Arbeit und ließ keinen mehr an sich heran. Sie nahm keinen Anruf von Tyler, Jason, George oder sonstwem entgegen, öffnete die Tür

nicht, wenn sie vorbeikamen, und wenn sie jemand auf der Arbeit besuchte, schickte sie ihn sofort wieder weg. Sie lebte nur noch für ihre Arbeit und arbeitete pro Tag sicherlich zwölf Stunden. Für ihren Einsatz bekam sie viel Lob zu hören, was sie motivierte, so weiterzumachen wie bisher. Josephine verdrängte alles Negative, achtete nur auf die positiven Dinge und war davon überzeugt, dass es ihr besser ging als vorher. Sie war frei, unabhängig und schuldete niemandem Rechenschaft.
Die Tage vergingen, und durch ihre Übermüdung und auch Überarbeitung merkte sie nicht, dass Jasons Abfahrt bevorstand. Jason sah keine andere Lösung und schickte ihr einen Brief mit einer Einladung zu seiner Abschiedsparty am Samstag. In genau vier Tagen, denn am Sonntag würde er fliegen.
Josephine las den Brief ausnahmsweise und nahm auch den Termin zur Kenntnis, aber für sie stand fest, dass sie nicht hingehen würde. Sie hatte ihr Leben alleine wieder in den Griff bekommen, und es sollte so bleiben, wie es ist. Natürlich sagte sie auch nicht ab, denn dazu hätte sie mit Jason sprechen müssen, und es wäre nett gewesen. Jason hoffte natürlich, dass sie sich einen Ruck gab, aber er wusste, wie stur seine Schwester sein konnte.
Dann kam der Samstagabend. Auf Jasons Abschiedsparty waren mittlerweile alle außer Josephine eingetroffen. Tyler und George, andere Arbeitskollegen, selbst Daniel war gekommen, nur eine fehlte, und das war der Grund, warum bei Jason auch keine gute Stimmung aufkommen wollte. Josephine hatte sich Videos ausgeliehen, eine Tüte Chips geholt und feierte ihre eigene Party. Jasons Freunde merkten, dass es ihm nicht gut ging, und sie gaben sich Mühe, ihn aufzumuntern. Es war eine angespannte Situation, obwohl jeder damit gerechnet hatte, dass bei einer Abschiedsfeier keine ausgelassene Stimmung herrschen würde.
Josephine kam nicht, egal, wie sehr es sich Jason gewünscht hätte.

Am nächsten Morgen machten sich Jason, Tyler, George und noch ein paar Freunde auf zum Flughafen. Jason hatte die Hoffnung aufgegeben, Josephine vor seiner Abfahrt noch einmal zu sehen. Josephine verschwendete keinen Gedanken an die Abreise ihres Bruders. Sie hatte sich mit Köstlichkeiten zum Frühstück eingedeckt, sogar eine Flasche Sekt kalt gestellt, um auf ihre ganz eigene Weise Abschied zu nehmen.
Doch dann klingelte es an der Tür. Sie überlegte, ob sie öffnen sollte, und da Jason wohl schon am Flughafen war, machte sie auf und staunte nicht schlecht, denn es war Daniel.
»Mit dir habe ich jetzt überhaupt nicht gerechnet!«
»Zieh dich an, wir fahren!«
»Warum so schroff? Und wohin willst du fahren?«
»Wohin wohl? Deinen Bruder verabschieden!«
»Jetzt schickt er dich also vor.«
»Falsch, niemand schickt mich, und ich glaube nicht, dass Jason auf die Idee gekommen wäre, den Exfreund seiner Schwester um so etwas zu bitten.«
»Okay, ich komme trotzdem nicht mit.«
»Oh doch, das wirst du!«
»Nein Daniel, ich will nicht.«
»Jetzt hör mir mal zu: In den fünf Jahren, in denen wir zusammen waren, habe ich gelernt, wie wichtig dir dein Bruder ist und was er dir bedeutet, und du brichst dir keinen Zacken aus der Krone, wenn du auf ihn zugehst. Du bist stolz und stur, aber diesmal zur falschen Zeit.«
»Er hat mich so verletzt, ich will ihn nicht sehen.«
»Du verletzt ihn auch!«
Josephine fing an zu weinen. Daniel nahm sie in den Arm. »Er geht doch nicht aus New York weg, um dir weh zu tun, sondern weil er Nancy liebt. Du bist seine Familie und wirst es auch immer bleiben, und er liebt dich von ganzem Herzen, aber irgendwann kommt der Punkt, an dem man seine eigene Familie gründen will. Er hat die Frau dazu gefunden, und du solltest seinem Glück nicht im Wege stehen! Am Flughafen stehen

zwei Menschen, die dich lieben, und du verletzt nicht nur sie, sondern am meisten dich selbst.« Er wischte Josephine die Tränen ab.
»Hab ich noch kurz Zeit, mich umzuziehen?«
»Ja, aber beeil' dich! Zu viel Zeit haben wir nicht mehr.«
Josephine zog sich schnell Jeans und Sweatshirt an, und sie fuhren los.
»Ich habe gestern übrigens deinen neuen Freund kennen gelernt.«
»Warst du auf Jasons Abschiedsparty?«
»Da, wo du hättest sein sollen!«
»Ich wollte nicht, dass du von mir und Tyler so erfährst, aber ich glaube nicht, dass wir noch zusammen sind.«
»Er auch nicht, aber er ist wirklich total nett und außerdem sehr süß verliebt in dich.«
»Warum hat er mir dann alles verschwiegen? Das war ein starker Vertrauensbruch.«
»Er hat es für Jason getan. Er ist sein bester Kumpel. Wie hättest du denn reagiert, wenn du es nicht von Jason persönlich erfahren hättest?«
»Ich weiß es nicht.«
»Tyler hat es außerdem für sich behalten, weil Jason ihn darum gebeten hat. Er hat es versprochen, sich daran gehalten, jetzt liegt seine Beziehung in Scherben, und er macht Jason keinen Vorwurf. Er zeigt noch nicht einmal, wie sehr er unter der Situation leidet, nur damit sein bester Kumpel kein schlechtes Gewissen hat und um für ihn da zu sein. Willst du ihm das vorwerfen?«
Josephine schwieg.
Dann waren sie endlich da, Daniel parkte, und sie liefen los. Es war 10.15 Uhr, sie lagen gut in der Zeit, denn der Flieger ging um 11.30 Uhr, aber der Flughafen war nicht gerade klein, und sie brauchten fast eine Viertelstunde, bis sie Jason gefunden hatten. Er verabschiedete sich gerade von seinen Freunden. Als

Josephine ihn sah, stiegen alle Emotionen in ihr hoch, und sie fing an zu weinen.
»Was ist? Willst du hier Wurzeln schlagen? Jetzt geh zu ihm!«
Sie rannte zu Jason, und beide fielen sich in die Arme. Jason musste auch anfangen zu weinen: »Ich bin so froh, dass du da bist!«
»Ich auch. Zum Glück habe ich den besten Exfreund der Welt.«
»Ich gehe nicht weg, um dich zu verletzen. Du bist so wichtig für mich.«
»Du doch auch für mich.«
Es dauerte, bis die beiden sich wieder losließen, doch Jason hatte nicht mehr viel Zeit. Er verabschiedete sich von allen, und dann musste er durch diverse Kontrollen zum Flugzeug. Josephine begleitete ihn, solange es ging, und dann hieß es Abschied nehmen.
»Ich vermisse dich jetzt schon.«
»Du musst uns ganz schnell besuchen kommen.«
»Sobald ich Urlaub habe.«
Jason gab ihr einen Kuss, dann musste er gehen. Josephine fing stärker an zu weinen, es zerriss ihr das Herz. Sie fühlte sich jetzt schon so alleine! Daniel eilte zu ihr und nahm sie ganz fest in den Arm. Sie blieben so lange stehen, bis sie Jason nicht mehr sehen konnten.
»Wollen wir auf die Terrasse? Dann kannst du sehen, wie das Flugzeug abhebt.«
»Kommst du mit? Alleine schaffe ich das nicht.«
Sie gingen hinauf und guckten. Als man das Flugzeug nicht mehr sehen konnte, wusste Josephine, dass Jason endgültig weg war.
»Ich bin so alleine. Er soll zurückkommen!«
»Du bist nicht alleine. Ich bin für dich da.« Daniel gab ihr einen Kuss auf die Stirn.
»Danke für alles. Ohne dich säße ich jetzt zu Hause auf dem Sofa.«

»Manchmal brauchst du halt jemanden, der dich anschiebt, aber wir sind noch nicht fertig für heute.«
»Warum?«
»Ich habe gesagt, es warten *zwei* Menschen auf dich, die dich lieben.«
»Nein, ich möchte Tyler nicht sehen.«
»Warum nicht?«
»Wie sollen wir denn aufeinander zugehen? Ich weiß doch nicht einmal, ob wir zusammen sind oder nicht.«
»Das klären wir jetzt.«
Daniel zog Josephine hinter sich her. In der Eingangshalle waren noch alle Freunde versammelt. George und Daniel grinsten sich an, denn sie wussten, was folgen würde. Josephine guckte stur auf den Boden, weil sie sich dafür schämte, wie sie Tyler behandelt hatte. Der schien auch nicht überglücklich, sie zu sehen. Daniel drehte Josephine in Richtung Tyler, und George tat dasselbe mit Tyler.
Als sich ihre Blicke trafen, musste Josephine wieder weinen, und Daniel schob sie ein paar Schritte vor. Tyler fing auch langsam an, auf sie zuzugehen. Es dauerte ein bisschen, bis sie sich trafen.
Josephine war es peinlich: »Es tut mir so Leid!«
Tyler guckte sie an, wischte ihre Tränen weg, küsste sie und sagte zum allerersten Mal: »Ich liebe dich!«
Josephine war total gerührt. Eigentlich hasste sie es, diese berühmten Worte zu hören oder sie sagen zu müssen. Doch es klang noch nie so gut wie jetzt, und es fiel ihr noch nie so leicht, es selbst zu sagen: »Ich liebe dich auch!«
George und Daniel gingen schon einmal langsam voraus, während Tyler und Josephine noch etwas Zeit für sich brauchten.
»Du hast Jason den größten Gefallen damit getan, dass du ihn verabschiedet hast.«
»Ich mir selbst auch. Danke, dass du nicht sauer bist. Ich war nur so ...«

»Pssst, lass uns heute nicht darüber reden. Es ist vergessen, okay?«
Josephine nickte. Sie gingen hinter George und Daniel her. Die vier fuhren noch zusammen etwas essen. Josephine ging es schon etwas besser, sie hatte drei starke Männer an ihrer Seite, und sie wusste, dass sie nicht alleine war.

Die nächsten Tage und Wochen waren sowohl für Jason als auch für Josephine sehr schwer. Es war so ungewohnt, sich nicht spontan sehen zu können oder einfach mal mittags zusammen essen zu gehen. Sie merkten erst jetzt, was sie für ein Glück gehabt hatten, so nah beieinander zu wohnen und so viel Zeit füreinander zu haben, aber sie lernten, mit der neuen Situation umzugehen.
Sie telefonierten fast täglich, was der Telefongesellschaft gut gefiel und nicht gut für den eigenen Kontostand war, aber sie brauchten es. Jason fiel es schwer, sich in Neuseeland heimisch zu fühlen, auch wenn er froh war, wieder bei Nancy zu sein, doch die Sehnsucht nach New York, nach seinen Freunden und nach seiner Familie war groß, und so musste ihn Josephine immer über alles informieren.
Josephine verbrachte viel Zeit mit Daniel. Er kannte sie am besten und wusste, wie sehr sie unter der Situation litt, doch so gut es auch tat, mit Daniel darüber zu reden, gab es nur einen Mann für Josephine, der ihr half, an andere Dinge zu denken, und das war Tyler. Natürlich dauerte es eine Weile, bis sich das Vertrauen zwischen den beiden wieder komplett aufgebaut hatte, aber sie gaben sich beide große Mühe. Josephine war es nach wie vor peinlich, Tyler so schlecht behandelt zu haben, aber er machte ihr keinen Vorwurf und versuchte einfach, für sie dazusein. Mit Erfolg!